Paradigm
ぷちぱら文庫
JN105297
異世界で
俺は
エロ経営のトップになる!
著 たなかつ
画 七瀬にちか
原作 Calcite

ビアンカ・バルシュミーデ
主人公・クルトの幼少時から身の回りの世話をしている獣人のメイド。素直で元気、どこまでもクルトの側にいようとする。
ユイカ・ヒナミヤ
東の彼方から移住してきたといわれる狐族の獣人。大商会を束ねる豪商でもあり、主人公の作る商品を見込んでサポートする。
アルマ・ヘリング
悠久の時を生きるハイエルフの貴族。優美な物腰と淑やかな性格に加え、豊満な肉体と美貌を持ち皆の憧憬を一身に受ける。

エーディット・アーレンス
ドワーフ族の中でも一流とその腕を讃えられる、若き女性職人。仕事ひと筋ゆえに、話し下手で少し天然な部分もある。
カタリーナ・エーベル
ミステリアスな雰囲気の、アルラウネ族の女性。知識が豊富で特に魔法関係に詳しい。その魔法により足を生やすことも可能。

1章　貴族に転生したのに勘当されました

これといって特徴のない派遣社員。慎ましく生きていれば食っていくのには困らない程度で、恋人もいる。仕事には慣れて、もしかしたら幸せになれるのかと思ったのもつかの間。俺はひとつの別れを迎えた。

すなわち失恋だ——。

「……まだ何か用があるの？」

彼女は静かに言った。思ったより冷たい態度も取ってこなかった。それが逆に傷つくというか、ああ、怒ってるわけじゃないんだと思えた。

「いや……、どうして別れたいと思ったのか、その理由を聞きたいなって」

俺はたずねる。もうやり直せないのかと。

「そんなこと……。私、できれば貴方をこれ以上傷つけたくないよ」

気を遣われている。その気遣いが、むしろ距離を際立たせた。

「それじゃあ、最後にひとことだけ言わせてもらうわね。普通ならいまになってやり直そうなんて言わないと思う。もう私たちは、修復できないところまできていたのよ。それを貴方は気づこうともしなかった。そのすれ違い……かしらね」

「そんな！　俺は本当に君を愛してるんだ。そのためにはなんでも直すから！」

「うん、そう言ってくれるのはうれしいけど……でも、もう」

「でも、もう？」

「このまま幸せになれる未来が見えないかな」

決定的な断絶。それでも俺はめげずに言葉を続ける。

「俺は幸せになれるのかと思ってたよ。そんな気がしてた。もしかしたら幸せが俺にも手に入るのかもって」

「私も似たようなことは、たぶん思ってたよ。最初はね？　でも、貴方と付き合っているうちに……もうそんな日はこないっていうのもなんとなく分かっちゃった」

ボディブローのような言葉の応酬。

ストレートではない言葉に、彼女の優しさが垣間見えた。

「それなら――」

「それじゃ……もう、いいよね。さよなら」

最後は本当にあっけなかった。

痴情のもつれや修羅場もなく、淡々とした話し合いがあっただけ。そこからはお互いの部屋に置いてあった荷物を宅配で送ってお終い。

男女の別れというのはこんなに簡単にできちゃうものなんだなと、変な発見があっただけだった。

実感がなかったぶん、ダメージはあとからじわじわとやってきた。

一週間、一ヶ月、一年——。

クリスマスや誕生日など、区切りの日を迎えるたびにその実感は影のように俺の心に忍び込んできては独り身である現実を叩きつけてくる。

そうか……俺はひとりになってしまったのか、と。

唯一と言えるほどの趣味、エログッズ集めももうできない。

そもそも使う相手がいなくなってしまったのだから、集めても意味がない。

彼女に使っていたエログッズは行き場をなくした。かといって物が物なので捨てづらい。ときにはこうも思う。押入れにしまい込まれたエログッズを眺めながら思う。俺はこのエログッズとともに死んでいくんだろうなと——。

「このままでいいのかな……」

思わず独り言が漏れる。

そんなときは仕方なくオナホで性欲を誤魔化していた。

このオナホは彼女が握ったこともある。使っていてもそんな記憶ばかりが蘇り、どうも集中できない。捨てればいいのに、俺は彼女に振られた事実が受け入れがたく、いまだに過去の記憶に縋っている……。

このままでいいのか。良くないならどうしたらいいのか。悩んでいても時間は止まってくれるわけではなかった。

生活のために働かなくてはならない。俺は今日も空っぽの心と体で会社へ向かう。通いなれた道だ。何も考えなくても足は勝手に動いてくれる。

信号が青になる。

歩き出す。

交通ルールは守っていたと思う。だけど、ブレーキが聞こえた。

俺に向かって乗用車が突っ込んでくる場面が見えた気がする。

危ないだとか、避けなきゃと思う前に、「ああ、もう終わりだ。俺の人生にいいところはひとつもなかったな」なんて後悔の念が先に浮かんできた。

即死だったと思う。その先の記憶はまったくない。

こうして俺は死んだ。

しかし、そんな俺に不思議な声が届いたのはそのときだった。

「無念だろうな」

（誰だ？　この声はなんだ？）

「また人生をやり直したいか？」

誰の声でもいいか。俺は藁にも縋る気持ちで叫んでいた。

（やり直したい！　このままじゃ死ねない！）

何もない真っ暗な世界で、自分の発した声が聞こえた。

「まだ未練があるということだな？　どうして、まだ死ねないか聞いてもよいか」

（かわいい彼女を作って、エロいことをしたかった……もっと言えば、エログッズを使いたかった！）

「えっ………？」

微妙な沈黙が流れる。なんだこの間は。

「ま、いいだろう。お前の望みに応じたスキルを与えよう」

そして、徐々に目の前が明るくなる。そこでは何かよろこぶような、祝うような声が聞こえていた。視覚や聴覚が、少しずつ明確になる。

俺は奇跡的に、転生していたようだった。

何も話せない状態のまま、赤子である自分が分かっていた。

本当に人生二周目だ。異世界に転生したのなら、無双だってできる気がする！

そのときは確実にそう思っていた。

だけど赤子の記憶なんてすぐに忘れてしまうものだ。成人を迎えるころには、前世の記憶なんてすっかりと忘れてしまっていた――。

◆

目が覚めると俺は、いつものベッドに寝ていた。不思議な夢を見たような気がする。

「……クルト。クルト・ランメルツが、俺の名前？」

どこかしっくりこない。俺にはもっと別の名前があった気がする。

だけど、どうしても思い出せない。

シュヴェンデというこの土地の名前も、なんだか意識にフィットしない。

過去に何か、別の人生を歩んでいたような……？

「クルト様……また、何か悩んでいる顔をされてますね」

「ああ……ビアンカ。いたのか」

「いたのかとはお言葉ですねっ。今日はクルト様の大切な一日になるのですから起こしに来たのに」

「いや、そういう意味じゃないんだ。少し考え事をしていたんで気がつかなかったんだよ」

彼女はビアンカ。ランメルツ家に仕えるメイドの中でも、特に俺の世話を良くしてくれている女性だ。

獣人族の特徴である獣耳が生えているほかは、人間族と変わらない見た目はしているものの、嗅覚や運動神経は人間族より優れているらしい。もしかするとあの豊満な胸も獣人族の特徴なのか……？

「エッチなことでも考えていたんじゃないんですか？」

「いや、それもあるけど……、そうじゃなくて！　あのさ、ときおり何か思い出しそうになることがあるんだよ。この記憶は、なんだろうって考えていたんだ」

「私には分かりかねますね。もしかして、前世の記憶とかでしょうか？」

「人間は死んだら次の世界で生まれ変わるみたいな考えの宗教があるのは知ってるけど」

しかし本当に前世や転生なんてものがあるんだろうか。

「私は、もし生まれ変わったらまたクルト様に仕えたいと思っていますよっ」

満面の笑みでそう答えるビアンカ。俺に対する感情がどういうものなのか判断しかねた。

俺の名前はクルト・ランメルツ。クルトが名前で、ランメルツが苗字。ランメルツ家の三男。男ばかりの三兄弟の末っ子だ。長男はエーミール。次男ヨーゼフ。いずれも意地悪な兄というイメージしかない。

強いて言えばヨーゼフ兄さんのほうがほんの少し優しい。でも、協力関係にはなかった。貴族で男兄弟となると、家督争いをどうしても考えてしまう。

ビアンカに起こされて身支度を済ませると、俺は朝食を採るために広間へ向かう。そこ

には朝早くだというのに、エーミール兄さんもヨーゼフ兄さんも顔を揃えていた。

「まさか、お前が成人する日がくるとはな」

「どういう意味だよ……」

朝食をともにしていると、エーミール兄さんが珍しく俺に話しかけてきた。

「まあ突っかかるなってクルト。兄さんは自分がそれだけ年をとったと言いたいんだよ」

「クルトはいつまでも子供っぽいから成人するという印象がない」

小馬鹿にされているように感じるし、事実として小馬鹿にしていると思う。だけど、俺は一発逆転を信じていた。

今日は待ちに待った、成人式。そして洗礼式の日。神様からひとつスキルを授かるという儀式の日だ。

得られるスキル次第では兄さんたちと立場

が逆転するかもしれない。ランメルツ家の落ちこぼれである俺にとって今日が最後の逆転のチャンスとなるかもしれない。そんな決戦の日を前に、浮き足立っていた。

俺はそそくさと朝食を済ますと、支度を整えて教会に向かう――。

洗礼式でどんなスキルを授かるのかは、授かってみるまで分からない。それまでの人生、行いや信仰で変わるという説もあれば、まったく天賦のものであるともいわれている。

末っ子である俺は跡取りとして立場が弱く、また剣の腕も魔法の才能もなかった。なかった……と自分で言い切ってしまえるのが悲しい話だけど、事実としてそうだから仕方がない。

だが、たとえ末っ子であってもレアなスキルを獲得すれば兄さんたちも俺を邪険にはできなくなるだろう。もちろん、そのまま当主の座についてしまうという一発逆転がないわけでもない。エーミール兄さんも、ヨーゼフ兄さんも、それが分かっているからこそ、今日まで無能な俺をいちおうは弟として扱ってくれていたのだ。

「もしかするとさっきの軽口も、不安の表れだったのかもしれないな――」

「ん？　何か言ったか、クルト？」

「いえ、独り言でした」

「緊張しているのかもしれないわね」

そしてそれが分かっているからこそ、いつもは俺なんてほったらかしの両親も今日だけは付き添いとして行動をともにしているのだ。そんなことを考えていたらすぐに教会についてしまった。

ふだんなら豪華な建物だなくらいの感想しか出てこない教会だが、今日ここで特別な力を授かるんだと考えると、なんだか神聖な場所に見えてしまうのだから不思議なものだ。

「さあ、入りなさい。幸運を祈ってるぞ、クルト」

「私も同じ気持ちだわ。行ってらっしゃい」

父さんと母さんの激励を背に、俺はひとり、教会に入る。

儀式には数人の神官が立ち会うが、神聖な儀式なために家族といえども他人は入れない。ひとり、俺は洗礼式を迎えることになった。

天窓から差し込む光がステンドグラスに遮られ、色とりどりの陽光があたりを照らしている。目の前には「いかにも」な水晶が光を湛えていた。

水晶を挟んで眼前には齢八十歳を超えるかという老神官が厳かな口調で洗礼式の段取りを告げていた。

(頼む、剣か魔法……! なんでもいいから、使えるスキルを……!)

俺は老神官の指示に従い、跪《ひざまず》き、祈る。神様の存在なんてそんなに信じてないけど、今日だけは全身全霊を込めて祈った。

『久しぶりだな』

するとどこからともなく不思議な声が頭に響いてきた……。少なくとも老神官の説明にはなかった声だが、不思議と嫌な気はしなかった。俺は祈りの姿勢のままその声に身を委ねる。

『私の声に聞き覚えもあるだろう』

確かにある。だけど、いつ聞いたかは思い出せない。

『ほほほ……。わしはお前の前世の願いすら覚えておるぞ』

前世……？　と聞き返すこともできないまま、謎の声はしゃべり続ける。

『いまこそその願いを叶えよう。お前には……いたずら魔法のスキルを与える』

俺の耳には、確かに「いたずら魔法」という言葉が聞こえた——。

屋敷に戻るとさっそくふたりの兄が授かったスキルについて探りを入れてきた。俺も仕方なくいたずら魔法だったと伝えると、ふたりとも「使えるスキルだといいな」と鼻で笑いつつも安堵したような表情を浮かべていた。

父さんと母さんも、朝と比べるとその表情に活気が見られない。

唯一の例外はビアンカだ。彼女だけは嬉々として俺のスキルについて聞きたがっていた。

しかしその屈託のない笑み、真っ直ぐな目が……いまは辛い。

「いたずら魔法とは聞いたことのないスキルですが、いったい何ができるのでしょうか？　魔法というならば発動させれば何か起こるかもしれませんよ？」

「たしかにそうだけど……」

どう発動させるかも分からないスキルだ。とりあえずビアンカが庭から拾ってきた小枝を片手に、「奇跡的な何か、起これ！」と念じながら腕を振ってみるも……。

「………」

「……何も、起こりませんね」

するとその瞬間。室内にも関わらず、優しい風がビアンカを包み込んで――。

「きゃっ――！」

ビアンカのスカートがめくれた。彼女はスカートを押さえて、ちょっと赤くなっている。

兄さんたちは呆れたような、いや、やはり安堵したような表情をしていた。

ああ……。本当に、こういうときの願いごとって叶わない。

「……だ、大丈夫よ。ほかに何か使い道があるはずだわ」

即座に母さんがフォローしてくた。しかし母さんも打算的な人であるのを俺は知っている。使えないと知れば、実の子供と言っても相応の態度を取ってくるだろう。

そしてその日は予想よりも早くやってきたのだった……。

事件の主役は骨董の置き時計。高度な細工が凝らされた、かなり高価なもの。

父が気に入ってる時計で下手をすれば俺よりも大事にしてるんじゃないかというくらいのアンティークだった。

その時計をいま、エーミール兄さん付きの侍女が高々と持ち上げている。

「クルト様。貴方を裏切ることになりますが、恨まないでください」

ガシャン——！！！！！

「え？」

侍女が置き時計を、壊した。俺の目の前で。

「なんだ、いまの音は……」

そしてまるで隣の部屋で待機していたかのようなタイミングで、エーミール兄さんが部屋へと駆け込んでくる。

「はい、エーミール様。たったいま……、クルト様の魔法で私のスカートが煽られよろけてしまったのですが、その拍子に旦那様が大切にしておられる時計が壊れてしまいました」

「そうか。時計が壊れてしまったのは残念だが、お前のせいではない。こんなところで魔法を使ったクルトに責があるのだからな」

「え？　い、いや……何を言ってるんだ？　俺は何も……」

「悪いな、クルト。全部兄さんの意向だ」

エーミール兄さんに遅れること数十秒。やはり図ったかのように部屋に入ってきたヨーゼフ兄さんが、すまなそうな表情で真実を告げる。

エーミール兄さんの本質は傲慢で、ヨーゼフ兄さんは狡猾だ。

後継者争いとして邪魔者は少ないほうがいいと思ったのだろう、ふたりは洗礼式以前から動いていたんだ。

俺は侍女にいたずら魔法を使い、侍女はそれにびっくりしてよろけた。

よろけた拍子に、父が大事にしていた時計を壊してしまった。

部屋にいたのは俺と侍女のふたりだけ。

完璧な濡れ衣の完成だった――。

そしてそこから、ほどなくして俺は聞いたこともない遠方の地へと追いやられることが決まる。いわゆる「勘当」ってヤツだった――。


数日後。家を出ることになった俺は父さんたちに向かって、そう別れを告げた。

「……それじゃ、また」

さようなら、とは言えなかった。

そこから何時間馬車に揺られたことだろう。たどり着いたのは見事なまでの田舎街だった。もちろん民家もあり商店もそれなりに並んで入るが、ずっと都会暮らしだった俺からしてみると何もない土地というのが第一感だった。

「すごく田舎だな……来る道も、見渡す限り平原だった」

「そうですね……あ、でもっ、都会より心穏やかに過ごせるかもしれませんよ！」

ビアンカはそう言ってくれる。遠方に追いやられると決まってからは、彼女は志願して俺の側にいることを選んでくれた。

「慰めは要らないよ。気を遣ってくれてるのはうれしいけど」

馬車から降りてこれから暮らしていく家を見上げる。と言っても、見上げるほどの大きさはない。民家に毛が生えた程度だ。いままで暮らしていた屋敷とは比べものにならない大きさだった。

「……はぁ」

あまりため息はつきたくない思ってる。でも、出てしまうのだからしょうがない。最低限生きていけるだけの支援は送られる、とのことだ。俺はずっと貴族だったから、ひとりで稼ぐ手段を知らない。だから支援がなくなればすぐにでも路頭に迷うような場所だった。

「なあビアンカ……。流石に支援を打ち切られたりはしないよな？」

「大丈夫ですよ！　もしそうなったとしても私が働きますから！　長閑《のどか》な場所だし、静かに暮らしていくにはいい場所みたいですから！」

しかし嫌な予感というのはだいたい的中するものだ。

一ヶ月後――。父さんからの支援は届かず、代わりに一通の手紙が届いた。

「旦那様のお手紙にはなんと書かれているのですか？」

「支援を打ち切る、って……父さんは、本気で……」

支援が届いたのはじつに最初の一ヶ月だけ。これなら猶予期間と言ったほうがいいだろう。手紙には「おまえの自立のために涙を飲んで支援を打ち切る」だとか、「見事に独り立ちをしてランメルツ家の名に恥じない男に成長してくれ」とか、そういう言葉が並んでいたが結局は体の良い厄介払いだった。

こうして支援が打ち切られると、その日から今日のご飯が食べていけるかという状態になってしまった。

「はは……むしろ、いままで援助があったのは父さんたちのちょっとした後ろめたさだったんだな」

「だ、大丈夫です、大丈夫ですから！　これでも私は侍女ですから、料理もできますし……ご主人様を養うことだってできます！」

「ご主人様だって……？」

「ええ。いまの私にはクルト様がご主人様です」

似つかわしくないな。俺なんかにそんな呼び名は、ふさわしくない。

しかしビアンカは、本当に有能な侍女だった。その日からまもなく、彼女は少し街に行ったところの酒場で働くようになった。何もできない俺はビアンカにしばらく稼いでもらうしかない……。

翌日。俺はあてもなく街外れをブラブラしていた。気がつけば目の前には崖。ここから飛び降りたら何もかも楽になるのだろうか？

「……本当に、情けない」

崖の端に立ってその先を見つめる。目の前にはさして栄えてはいない街が一望できる。

俺が死ねばビアンカも自由になれるだろうか。もう終わりだ。楽しくない人生だったけど、もし本当に転生なんてものがあるならば来世に賭けるしかない。

いつか似たようなことを思ったような気がするな。どうしてだろう。

そうやって考え込んでいると……。

「駄目っ！　ご主人様、駄目ですっ、死んじゃだめぇぇ！！！！！」

後ろからビアンカに抱きつかれてしまった。

「っ、ビアンカ!?　ちょっと、放してくれっ」

心から飛び降りようとしてたわけじゃない。まだその覚悟があるわけでもなかった。最初から飛び降りるつもりだったらいまごろふたりとも奈落の底に一直線だっただろう。しかし幸か不幸か決心がついていなかったために、体は崖とは逆方向に反応した。しかしそれでも受け身がうまく取れずに、俺の体はいきおいよく弾み、頭を地面か岩か何かの硬いものにぶつけてしまった。

衝撃が走る。視界がブラックアウトする。

そして、その暗闇の中から〝クルト・ランメルツ〟が見たことのない景色が浮かび上がっては消えていった……。

走馬灯か――。いや、これは――。

(前世の記憶だ……)

理解できてしまった。

こんなことがあるのかという疑問は不思議となかった。

すべてのピースが繋がったような気持ちだった。

いたずら魔法なんてしょうもないスキルがあるのも。

そして、ここから這い上がる方法も、すべては俺の前世にあった。

同時に洗礼式で聞いた謎の声が再び頭の中にこだましていた。

『前世の記憶を取り戻したお前は、商売を続けなければならない』

（商売……？　俺が？）

『そうじゃ。それが前世の死に際にお前が願ったことなのじゃからの』

そうだ、俺は……。前世の俺は、彼女に振られたショックでふらふらしていたところを車に轢かれて死んだのだった。そして神と名乗る男に出会い、こう願った。たしか……。

（かわいい彼女を作って、エロいことをしたかった……。そしてもっとエログッズを使って楽しみたかった……だったか？）

『そのとおりじゃ。ようやく思い出したようじゃな。その願いを聞いてわしは「いたずら魔法」を授けたのじゃ』

（いたずら魔法……。俺が願った力だったのか……）

前世の俺よ、なんていうことを願ってくれやがったんだ……。

そう絶望しながらも、心の片隅ではどこか納得している自分もいるような不思議な感覚だった。

クルト・ランメルツとして生きてきた記憶に前世の――、派遣社員として働き、大学時代から付き合っていた彼女に振られ、そして車に跳ねられて死んだもうひとりの俺の記憶が重なっていくのが分かる。

『ということじゃ。わしはたしかにお前が欲する力を与えたからな？　ちなみにサービスとしてお前が前世の願いを成就できなくなったときは、命が絶える呪いもかけておいたのでしっかり励むがよいぞ』

（え……、ちょっとっ！　そのサービスはいりませんからっ！）

と、俺の抗議も虚しく、謎の声は特大の爆弾を残して消えてしまった。

命が絶える呪い。

ふつうに考えたら恐ろしい。しかし……、不思議なことに俺は思ったほどうろたえていなかった。呪いは前世の記憶を取り戻した代償と考えよう。

それに貴族として何不自由なく生きていたころならまだしも、いまの俺にはそんな呪いはたいしたことがないようにも感じる。

やがて視界が景色を取り戻していく。目の前には泣きそうな表情を浮かべたビアンカ。

「……いてて」

「自殺だけは、しないでください……貴方がいなくなったら、私は生きていけません。ずーっと、貴方に仕えてきたんです。自分の可能性を、自分で見限っちゃだめです！　私はご主人様に夢を託していたんですから……だから、生きてほしい――」

ビアンカは泣いていた。

そんな彼女を前にして俺は、悪いなという気持ちを抱える一方で、この生活から抜け出すための方法をほんの少しだけ見出していた。

◆

何もない田舎生活に飽き飽きしていた俺だったが、前向きになると日々の過ぎるのが早く感じた。暗闇の中では気づけないことだ。あるいは、ビアンカが気づかせてくれたことかもしれない。

あれからすぐビアンカには前世の記憶を取り戻したことを話した。はじめは半信半疑だったけど、この世界にない食べ物や家具を紹介し、ときには実際に作ってみせると全面的に信じてくれるようになった。

勘当を突きつけられて絶望に暮れていた俺が、なんとか生きてこられたのは彼女の支えがあったからこそだ。だから……これからは少しくらい恩返しをしないといけない。

そこでまず俺は家事を手伝うことにした。貴族だったころは料理なんてしたこともなかったが、前世の俺は多少自炊をしていたらしく野菜の皮むきレベルならなんとかなった。

食費は極力節約。今日の晩餐も市場でもらってきた端野菜を煮込んだポトフと、固くなったライ麦パンだけ。それでも俺は不満を感じない。

「ごちそうさまでした」

「ごちそうさま」

慎ましやかだが、温かな晩餐が終わる。いつものように食器を手に台所へ向かおうとしているビアンカを呼びとめ、俺はかねてから考えていたことを話すことにした。

「ビアンカ、俺は決めたよ。エログッズを作る。それで世界一になってみせる」

「……？　エログッズとは、なんですか？」

その言葉がこの世界にはないんだよな。何しろ、避妊具さえないような世界だ。

「転生前の世界にはあったんだよ。いろいろな」

「ご主人様が以前にいた世界のことですね？」

「ああ、そうだ。まず最初に思いつくのがコンドーム。次に、オナホか……。いや、この世界に樹脂はまだ発明されていないから……、ローターならいけるか？」

「ローターってなんですか？」

何も知らないビアンカは聞き返してくる。こっちの世界にないグッズなので当然のことだろう。

「ローターっていうのは、主に女性用の、こう……エログッズだ」

「はあ……」

気のない返事が返ってくる。それはそうだろう。この世界にはそもそもエログッズという概念すらないのだから、想像することすら難しいだろう。

「女性の……、その、敏感な場所に当てると気持ち良いんだよ」

「気持ち良いって、ご主人様は男じゃないですか……。どうしてそんなことが分かるのですか？」

そういって疑いの眼を向けてくるビアンカだったが、俺の頭はすでにどのようにしてローターを作るかにシフトしていた。

こっちの世界の機械文明はないに等しい。ただあっちの世界にはなくて、こっちの世界にあるものだってある。

それが魔法だ。

電気を動力にするのは無理でも、魔法を原動力として使えればあるいは。

都合がいいことに、俺の「いたずら魔法」は物体を震わせることが可能だ。まぁ、そのために神様が俺に授けた力なのだから当たり前といったら当たり前なのだが……。

「なあ、ビアンカ。俺の魔法を何かに封じ込められないか？　たとえば紙とか、石とかに」

「それなら魔法石というものがありますね。スキルの力を封じ込めるものです」

「あるんだな！　なら、作れるぞ！」

物体を振動させる力を魔法石に宿す。外殻はその魔法石とやらがどんな形状をしているのか不明なので木で覆ってしまおう。そもそも石を直接当てるわけにはいかないもんな。

「ところでその魔法石っていうのは……延々とスキルの力が宿されるのか」

「物によりますが、砕けたときに力が発動するというのが一般的ですよ。私の採取のスキルを使えば、探し出せると思いますけど……」

ビアンカは頼りになることを言ってくれる。

「じゃあ、早速探しに行こう！」

「もう夜ですよ？　でもまあ、ご主人様がそう言うならお手伝いしますが……」

ビアンカはあまり乗り気じゃないようだった。俺のひらめきが伝わりきってない。そもそも、完成品がピンときてないんだろうと思う。しかし前世の言葉に善は急げとあるように、俺はビアンカを伴ってすでに帳《とばり》の下りた田舎町の鉱山に向かって駆け出していた。


翌日。手ごろな魔法石を使って俺は、試作一号機の制作に取りかかった。

「木を削るっていうのは、思ったより大変だな」

「そうでしょうね。それでひとつの仕事にできるくらいですから」

ビアンカの言っているのは工芸品とかだよな。俺が作ろうとしているのはそういうものではないけど……。

「一応、これで形になったかな。けど……」

胡桃《クルミ》の核のような形をイメージして仕上げてみた。とりあえず外側を作ってみたけど、魔法石をどう閉じ込めよう？　砕いた魔法石を中に入れなきゃいけないということは、この外殻で覆ってすぐ閉じ込められる仕組みじゃないといけない。

「……接着剤みたいなものは、この世界にもあるよな？」

「ありますよ。しかし、その……言いづらいんですけど」

ビアンカは少し顔を赤らめている。

「どうした。言いたいことがあるなら言ってくれ」

「……デリケートな場所に当てるのでしたら、くっつきやすい素材はまずいんじゃないかと思います」

「たしかにな……。そうだ。なら、ネジ式はどうだろう？」

ひらめきがあった。上下に外殻を分けて、ひねったときに組み合わさる形にしたらいいんじゃないか。

「なるほど……それはいいかもしれませんが、精度が求められますね」

「いや、これ以外ないよ。作れないって言うのは簡単だけど、俺は諦められない」

「……なんだか、ご主人様の目が輝いてるように見えます」

そういってビアンカは少し笑った。俺が目指しているものが少しでも分かってくれたか。それとも、本当にただ期待を膨らませているのに笑ったのか……それは分からない。

そこから俺は、寝る間も惜しんで作っていった。

砕けたときにその力が発動する魔法石を埋め込み、その外側は木材で覆う。これで振動するローターが完成する。材料はビアンカの採取のスキルで見つけてもらったものを使う。これなら大量にだって作れる。

最初は外殻を作るだけでも大変だった。しかし水の一念岩をも通す。何度も失敗を繰り返すうちに、ようやくローターの試作第一号機が完成した。

「これの中に、魔法石を入れたら完成ですか？」

「理屈上はな。試してみよう」

魔法石にまずスキルを閉じ込める。これはもう、念じるだけでできるようになっていた。田舎街に追いやられてからというもの、暇を持て余していた俺は毎日のように魔法を練習していた。

魔力を込めた石を小さな外殻の中で砕き、ネジでふたを閉じる。

グゥウウウ……。

「動いた……」

俺の部屋兼作業場にローター音が静かに響く。しかし、どうしたものか……。作ってみたものの、試しようがない。男の俺が使って気持ち良いものでもないだろう。

「どうしますか？　これがご主人様のいた世界では、売れていたんですよね」

「そうなんだけど……」

ビアンカに試してもらいたい。でも、そのひとことが言い出せない。ビアンカもなんとなくその気配を感じ取っているようだった。俺は、ビアンカとの関係が壊れることを恐れてるんじゃなく……、何か一線を越えてしまいそうなのを恐れていた。

「……ご主人様の命令であれば、私は従いますよ」

先に一歩を踏み出したのは、ビアンカのほうから。

「……ありがとう」

二歩目は俺から。

もちろんビアンカのあられもない姿を見てしまっていいんだろうかという葛藤はある。しかしほかの誰で試せることでもなかった。そんな思いを察したのか、ビアンカが柔らかな口調で囁《ささや》いた。

「でも勘違いしないでくださいね？　メイドだから誰の命令にでも従うというわけじゃありませんから……。ご主人様のお願いだから……、ですから……ね？」

「ああ、分かってる」

それ以上の言葉は要らなかった。ビアンカは完成したばかりの試作品を手にベッドに腰掛けると腰にはいているハーフパンツを脱ぎ、ゆっくりと股を開いていった。

「さすがに恥ずかしいですね……。それじゃ……使いますよ。見ていて、ください」

ビアンカがベッドの上で足を開いている。彼女の手にはピンクのローター。すでに起動しているそれは手の中で怪しげな音を立てて振動を繰り返していた。

やがて彼女は意を決したように自らの秘所へと手を誘う。

彼女の秘所を覆う白い布地とローターとの距離がほぼなくなった。

それだけでいいようもない気持ちがあふれ出してきた。あえて例えるならば手を出してもいないのに、すでに一線を越えてしまった感じか……。

「ご主人様……。下着越しに当てても気持ち良いものなんですか、これって……」

「多分、いけると思う」

俺のベッドに横たわり、振動するローターをゆっくりと手にしたビアンカは不安げな表情で俺を見返してくる。そんな彼女に「大丈夫だ」と告げると、あとはその身に任せた。

ビアンカは使ったことのない道具に困惑気味だが、それでも俺のために……振動したそれを、クリに当てようとしている。

「はぁ、っ……、こ、心の準備が、できてないかもしれません」

「……ごくっ」

ビアンカの言葉に思わず唾を呑んでしまった。こんなところ、本当に見ていていいのか？　ビアンカとの関係も元には戻れないいんじゃないか？　そう思った。だけど……この行為はしなきゃいけないことだ。そう自分に言い聞かせて無言で続きを促がす。するとビアンカも察したように、恐る恐るといった手つきで震えるローターを秘所にあてがった。

瞬間、空振動をしていたローターの音が鈍く変化する。

ブウウン……、ブブブブブッ――。

「はううううっ⁉　な、何これっ」

「どうした⁉　大丈夫か？」

驚きの声を上げたビアンカはローターを秘所から遠ざけていた。怪我でもしたら大変だ。

そう思ったけど……、俺の心配を察した彼女はそうじゃないと首を横に振る。

「ちょっと……、びっくりしただけです」

気持ち良くなかったのだろうか。やっぱり本物のローターではないので、痛いかもしれない。もしそうだったとしたら申し訳ないが、俺はできる限りのアドバイスは送っておく。

「あまり押しつけるようにすると痛いかもしれない……。そのあたりは、調節してくれ」

うなずくビアンカ。その目は、潤んでいた。

俺に見られていることで劣情を高めているようだった。

彼女がまた、ゆっくりとローターを股間に当てていく。

下着越しに触れる。彼女の敏感な部分に当たる……。

今度は、さっきよりも弱い力で――。

「んんんんっ！　はぁあああっ、これ、凄いです！　たしかに、普通のオナニーより――、気持ちい……んっ♪」

「そうか。それなら良かった……」

俺は冷静を装う。しかし実際は目の前で行なわれている行為に劣情を感じていた。それでも指一本触れない。触れてはならない。発散したい気持ちを抑えつけて、堪える。

「声が、出ちゃいます……はあうううっ、んんん！」

ビアンカが顔を赤らめる。やっぱり恥ずかしいという気持ちはあるのだろう。本当に、こんなことしていいんだろうか。こんな姿を見ていていいんだろうか。恋人でもないというのに……。いや、していいはずがない。しかし俺は後ろめたい気持ちとは裏腹に、ビアンカの体の変化に気づいてしまい、思わず〝それ〟を伝えてしまった。

「……濡れてきてる」

するとビアンカは羞恥《しゅうち》の色に染まった下着を隠すように開いていた股を閉じ、身をよじって結合部を隠してしまった。それでもローターを離す気配はなく、部屋には依然として鈍い振動音が響いている。

「言わないで……はぁ、あうううっ。んんんっ、恥ずかしいです」

「でも……、隠すと……、見えないから」

その言葉で再び俺に見えるように股を開いたビアンカ。その下着には先ほどより染みが広がっていた。アソコは確実に濡れそぼっているだろう。

「んっ……ぁ……んぐっ……んんんっ！」

見られたことに興奮したのか、喘ぎ声もさらに高くなったようだ……。

少しずつ、劣情が高まってきているのが見ていて分かった。

「下着、脱いだほうがいいんじゃないか……？」

彼女は本当に恥ずかしそうにしている。だれど、この恥ずかしい状況に浸っているようにも見えた。

「はぁ、はぁ、そう、ですね……全部、見てください。ご主人様」

「ああ……見せてくれ、ビアンカ」

そういいながらも俺からは何もせず、ビアンカがすることをただじっと見つめていた。彼女が下着を脱ぐ。アソコが、あらわになる。

「……いやらしい」

思わず感想が口から出てしまった。それでもビアンカは唇を噛んで、羞恥に耐えている。もしかすると見られるのがうれしいんじゃないかとも思った。彼女は自分のことを責める。ローターは依然クリを虐め続けている。

ビアンカは悶えながら、体を震わせていた――。

「んんっ、止められない。これ、やみつきになっちゃいますっ」

とりあえず、ローターとしてちゃんと機能してるようだ。これで商品として売る目処が付いた。

それはそれでいい。……いいんだけど、いまは全く別の目的ができてしまっていた。

「ビアンカ……イケそうか？　イケるなら、イってほしい」

　別の目的、というほどでもないのかもしれない。すなわち、ビアンカをイカせたいという感情が芽生えてしまっただけだ。

「はぁううっ、このまま、イケそうです。凄く気持ち良い」

　ビアンカはそう言いながら、悩ましい表情をする。

「イキたいぃ……はぁ、はぁ、振動が足りない！」

　まだ、足りないらしい。もう少し魔法石を大きくしてもいいんだろうか。しかし……いまは、ビアンカも自慰に夢中になっているようだった。

「ビアンカ、我慢することないよ。おまえの見たことのない姿を見せてくれ」

　こんなこと、言ってしまっていいんだろうか。だけど、思わず口から出てしまっていた。

「んんんんっ……こんな、ところ、見せちゃうなんて……こんな声、聞いちゃだめぇ！」

　彼女は声を上げながら自慰を続けている。目は潤んで、悩ましい表情だ。ビアンカは羞恥を堪えきれないようだった。それでも、行為を止められるものではないのだろう。俺は、彼女が追い込まれていくのを見つめていた。

「アソコが凄く充血してる。かわいいよ、ビアンカ」

　俺の言葉を受けて、さらに恥ずかしそうになる。ビアンカは苦しそうな声を上げる。もうイキたいのだというのが伝わってくる。このまま、イクまで連れて行ってあげたい。もちろん俺は何もできない。だけど、俺が作った物で感じてくれているのは、間接的に触れているような感じもあった。

「はあああああぁ、もう声抑えられないですっ。はあうううぅうぅ」

ビアンカは喘ぎまくる。感じているとき、こんなにかわいい声を出すんだ。本当に、俺だけが見ている状況。俺は嬉しい気持ちになりながら、観察する。ビアンカは体を痙攣《けいれん》させる。もう限界なのだろう。

「イっていいぞ、ビアンカ……」

「はぁああ、駄目、こんなの、感じすぎるぅうぅ、んんんっ！　もうきちゃうううううっ、はぁ、あううっ、んんんんんっ」

ビアンカが、ひときわ大きな嬌声を上げる。もう耐えきれないと言いたげだ。そして、限界がくる……！

「もう駄目ぇええ、ご主人様、見て……っ、はあああぁ」

見て、と言ってきた。さっきまでと、言っていることは逆だ。もちろん見るなといわれても、目をそらすことはできなかっただろうが。

「ああ。見てるよ。ビアンカの恥ずかしい姿……、見てるよ」

「はぁ、あううっ、見られてる……！　ご主人様に……ぃ、あ……ん、んん……んんんんんんんんんんんんんっ！　イッ……クゥ……、うぁあああっ！！！！！！」

愛液があふれ出す。何度も痙攣する……ビアンカが絶頂したようだった。

「……どうだった」

「凄かったです……こんなの、はじめて」

ビアンカはうっとりしてそう言ってきた。そこまで言ってくれるなら、間違いないだろうと思う。だけど、あえて俺はもう少したずねてみた。

「そんなに感じてくれたのか」

「はい。これ、絶対売れますよ……世界中の女性を虜にすると思います」

ビアンカはそう言いながら、また顔を赤らめる。本当に、見てはいけないところを見てしまった気がする。

「そうか。それなら良かった」

「え、っと……これって、中に入れても気持ち良いのでしょうか」

ビアンカがおずおずと、そう聞いてくる。

「多分、そのはずだ。そういう使い方もある。試しに、してみるか？　その……見てる、からさ」

俺はそう告げて、ビアンカに試してもらうことにした。

「ええ……それじゃ、しますね」

イッたばかりだというのに、ビアンカは再びローターを手に、今度はそれを膣内へと押

し込んでいった。

「はぁ、あうううっ……中にきてるぅう」

「気持ち良さそうだな。いや、待て——」

「んっ、はあぁ！！！！　ご主人様ぁ！！！　気持ち……、良すぎ、ですっ！！！！　でも、これってて っ、どうやって取り出すんですかぁ！！！！」

「それな」

ビアンカの手に握られていたローターは、いまやすっぽりと膣内に収まって……。

「元々は、リモコンと繋がっているんだ」

「そ、そんなの、ご主人様……、作ってないじゃないですかぁ！　あうううぅっ、た、助けてっ、はあああぁ！！！！！」

……なんてトラブルもあったが、俺は手作りローターに手ごたえを感じていた。

◆

試作機第一号の起動実験は成功した——。最後にはちょっとしたハプニングもあったが、紐を付けることで解決した。それから数日。俺はローターを商品として出せる段階にまで持っていった。

そんな商品を手にまずは露店商からはじめてみることにしたが、物珍しさに買っていく人はいるものの大繁盛というわけにはいかなかった。そこで俺たちはいまが繁殖期だというアルラウネ族の集落に行商に出ることにした。

これが結果的に大成功だった。

アルラウネたちは繁殖期の影響で発情状態にある。ローターの売り子はビアンカに頼んだため、女性客も気楽に購入してくれた。これが男の俺だったら、みんな恥ずかしがって買おうとしなかったかもしれない。

いまは家計のために酒場でアルバイトを続けてくれているビアンカだが、これを機に商売に専念させるのもいいかもしれない。

「しかし暇だ……」

男の俺がいてはオクテな女性は買いづらいだろうと、売り子はビアンカに任せて、俺は別行動を取っていた。しかしやることといえばアルラウネの集落を見てまわることくらいだ。たしかに最初のうちは物珍しさも手伝ってなかなか楽しめたがそれも三十分程度のことで、そこからは代わり映えのしない風景に飽き飽きしていたところだった。

「はぁ、はぁ……あっ、あぁ」

「……ん？」

そんな中、とある家から誰かの声が聞こえてきた。女性の嬌声のようでもあった。

もしかして、さっそくローターを使ってくれているんだろうか。俺は声の出所を慎重に探すと一件の家屋に行き当たる。たしかにこの家から声が聞こえる……。そこで俺は「商売のため」と心に言い訳をしつつ、盗み聞きに徹することにした。

「んっ、くうっ……はぁ、はぁ。凄い……っ」

やはりその声はオナニーをしているときの声だった。

無用心なことに窓は開きっ放しだ。

俺は家主に気づかれないよう開いた窓から覗き込んでみると、そこには緑の髪にピンクの花を咲かせたアルラウネの女性が、四つんばいになりながらクリトリスにローターを押し当てていた。

上下の下着まで脱いでの自慰行為に思わず息を呑む……。

アルラウネを見たのは今日がはじめてだったが、胸も秘所も人間のそれとは大差なく、俺の眼にはひどく官能的で魅力的な女性に映った。それを証明するかのように下半身にある劣情もムクムクと鎌首をもたげてくる。

「はぁ、はぁ……こんなに気持ち良いものがあるなんて……んんっ」

使っているのはやっぱり俺の作ったローターだった。俺の作った物で気持ち良くなってくれているんだと、感慨深い気持ちが湧いてくる。もちろんエロい気持ちもそれ以上に感じていた。

全然知らない女性を間接的に触れているような——ビアンカに試すのとはまた違う背徳感があった。こんなことあっていいのかという気分だけど、実際に起きてしまっているのだから仕方ない。

「はぁ、はあううっ。体が、欲しがっちゃってる……はぁあぁ」

抑え目だった嬌声は次第に強まってくる。気持ち良さそうだ。

「はああああぁっ……こんなに、良い物があるなら……もっと早くに出会いたかった」

俺は唾を呑む。見ているだけだというのに、俺まで欲情してくる。

「くううぅっ……あぁ、もどかしい……もっと、振動が強かったらいいのに」

そうだよな。やっぱり、そこは改良点だ。

魔法石にはもっと効率のよい使い方もできるかもしれない。俺はこの世界の魔法について良く知っているわけじゃなかったが、ちゃんと考えないと……。

「はぁ、はぁ。クリに……もっと強い快感がほしいっ。んんっ、もっと感じたい！　はぁううぅう……イキたいっ、んんっ！」

女性の声は、段々強まっていた。気がつけば周囲にはアルラウネ特有だという蜜のような甘い匂いまで漂っていた。

「はうううっ……！　ああああぁっ、はぁ、声がっ、でちゃ……あううぅ！！！」

いや……、その前から結構声は出ていたが……。そんなこともつっこめずに、俺は悶々とした気持ちで彼女の自慰を観察していく。

「あああっ、止められないっ。こんなの、やめられない」

声が強まっていく。

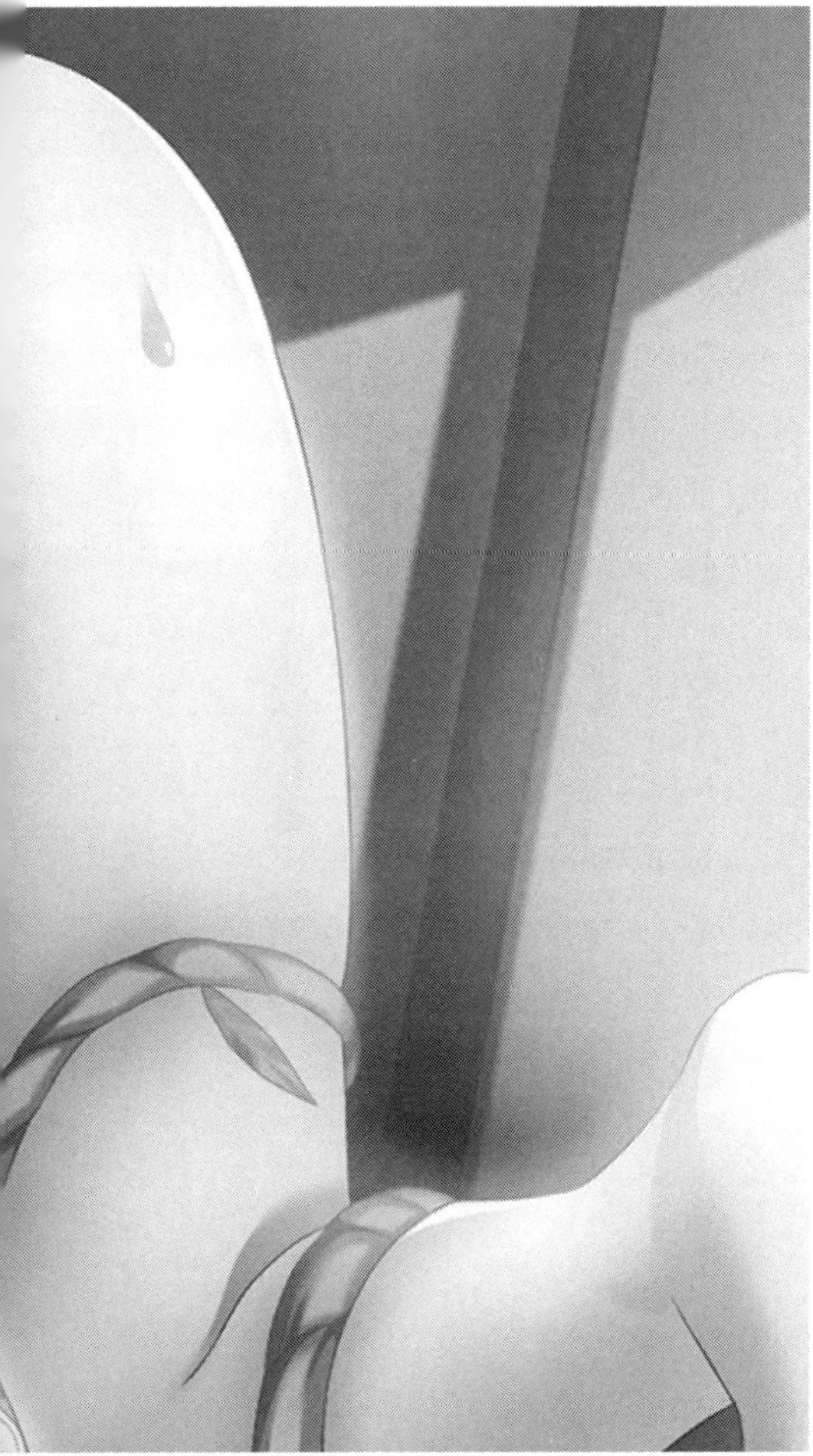

どんどん、上り詰める。

「はぁあああああっ、あううううううっ。んんんっ、もう……っ、はあぁぁあ、きちゃうぅ！　くううっ……ふううっ、はぁ、あうううううっ。んんんんんん！」

四つんばいで突き出された尻が、ビクンビクンと痙攣していた。

「はぁああ、飛んじゃうっ!!　もう駄目！！！！」

行為が終わろうとしている。それがなんとなく、もったいないように思えた。

「イキそうっ……あぁ、あううううううっ、んんんぁあああぁぁ！　気持ち良いっ。んんんんんっ、こんなに、感じちゃうなんて！！！」

イこうとしている……！　見ている俺にも彼女の限界が伝わってきた。

「イクっ、もう駄目ぇえ、はぁあああああああ、イっちゃううぅ！　んんんんんんんんんんんんんんんんんんんんんんんんっ――!!」

最後に特大の嬌声を響かせて、アルラウネの女性は盛大にイッた。見るとひと筋の液体がツツッと太ももを伝ってシーツを濡らしていた。

……結局、最後まで聞いてしまった。こんなこと、やめなきゃな……と思いつつも、気になってしまったものはしょうがない。それは開発者としての興味であり、男としての興味でもあった。

改良点も見つかり、十分な成果を得た。

男だったら誰もが興奮する姿も見ることができた。

見つからないうちに、この場を去ろう。そう思い俺は、踵《きびす》を返す――。

しかし、油断があったのかもしれない。

パキッと小枝を踏みしめた音が響く。それでアルラウネの女性に気づかれてしまった。

「そこに……、誰か……いるわね？」

「えっ⁉　あ、はい」

思わず声が裏返ってしまった。

「私の声、聞いていたの？」

「い、いや。そんなことは……」

なんて、苦しいよな。ここに居ておいて、無理がある。俺は素直に認める。

「はい……、聞いてました……。じつはあなたが使っていたローターは俺が作ったものでして……」

「商品の研究だとしても、あんまり褒められたことじゃないわね」

「……すみません」

俺はただ謝った。何もごまかせない。が、しかし。

「でも……聞いていたなら分かると思うけど、新商品は良かったわよ。私はカタリーナ。あなたのお名前は？」

「……クルトです」

「そう、クルトさんね。えっとローター……、だったかしら？　なかなか素敵だったわ」

カタリーナさんはちょっと顔を赤らめながら、そんなことも言ってくれた。

もっと怒られるかと思ってたが……。

「それでクルトさん。私たちはいま繁殖期だってことは知っているわよね？」

「はい、それを聞いてここまで行商にきたわけで……」

「さすがは商人ね」

まだ駆け出しだが、それを口に出す必要はない。褒められて悪い気もしなかった。

「それでね……。私、経験がないのよ」

「なんの……経験ですか……」

「あら、言わせる気かしら？　私のほうから誘うの、結構恥ずかしいのよ」

「もしかして……」

「そう、アレよ。あなたの作った商品のおかげで体の火照りが消えないの。だから……最後までちゃんと責任を取ってちょうだい」

そういってカタリーナさんは俺を家に招き入れるとベッドに座らせた。自慰の名残で、シーツにはところどころにいやらしい染みが残っていた。

やがてカタリーナさんは、それがさも当然だといわんばかりに隣に腰掛けてきては唇を寄せてきた。

経験がないというのは、キスのことではないだろう。

予想どおり彼女は俺を迎えるために一度着衣していた服を再び脱ぎ捨て、俺の服も脱がしていく……。

彼女の手が俺の下着にかかる。あまりの急展開に抵抗すらできなかった……。

「ふふ……本当に、してしまうのね。クルトさんの、凄く大きくなってる」

先ほどまで自慰行為を見せ付けられていたのだから当然だ。

「俺も……、信じられないくらい、興奮してます」

ここまできたら覚悟を決めよう。

彼女と視線が交差する。潤んだ瞳からは俺のを欲しがっているの気持ちがヒシヒシと伝わってきた。彼女のアソコは先ほどの自慰行為でしっかりと準備が整っている。

「挿れて大丈夫よ……多分、そんなに痛くないと思うわ」

もう、待てないところまできていた。ここで、何もしないなんてできない。俺ははち切れんばかりに膨張したペニスを取り出すと、彼女をベッドの上に押し倒し、そして自分でも見たことのないくらい膨張しているソレをゆっくりと押し込んでいった。

「んんんんっ……ああ、入っちゃうっ」

瞬間、カタリーナさんが快楽が理由ではない声を上げる。

ぶちぶちと肉が裂けていく感触がペニスに伝わり、結合部に血がにじんでいた。

カタリーナさんは宣言どおり処女だった。

破瓜の痛みに耐える彼女がいかにも辛そうで、でもやめられなくて……。

「はぁ、あううう……動いて、ここで止まられると、辛いわ」

そんな迷いを悟ったのか、カタリーナさんは続きを促してくれる。彼女がそう言うなら、動くしかない。

痛い思いばかりをさせたくはなかった。少しでいいから気持ち良くしたい。

その気持ちで、動き始める。

「くううっ……気持ち良いです……、カタリーナさん！」

「んぁあ、はぁっ。はぁ、はぁ、あんっ。くううぅ」

あまりの快楽に、速くは動けなかった。一方のカタリーナさんは、腰をよじりつつ、さらなる刺激を求めていた。

「はぁ、っ。カタリーナさんも、感じて……、くれてますか？」

確かめるようなことでもないかもしれない。それでも、聞きたかった。すると返事の代わりに俺の手を強く握りしめて、一度だけ首をコクリと縦に振ってくれた。

「気持ち良いわよ、心配しなくていいから、好きにして」

俺に気を遣っているのかもしれない。でも、その目は俺をずっと見つめている。それがうれしくて、射精感を封じ込めるように歯を食いしばり動きを早めていく。その行為はもはや彼女を感じさせるというよりは、俺が気持ち良くなるためにだった。

「ううぁあっ、はぁ、凄い……っ、素敵よ、男らしいわ……！」

彼女の喘ぎ声を聞いていると、それが正しいんじゃないかという気持ちにもなる。

「私、イクかもっ。初めてなのに……はぁ、痛くない」

もしかすると繁殖期には痛みすら快楽に変えてしまう脳内物質が出ているのかもしれない。それなら好都合だった。遠慮をせずに彼女の体の中を乱暴に突いていく。

正常位ではカタリーナさんから動くことはできない。

だから、俺が彼女を絶頂まで導かなければならない。

「はあああっ、イク、もうだめっ……あううぅっ、うぁああ！！！」

俺のことを求めてくれていると思う。それくらいの力で、握り返される。カタリーナさんの中で吐き出したくなってくる。我慢ができない。

「中にきて……っ、んんんんっ、私のこと、イカせてぇ」

彼女が欲情を口に出す。このまま、犯し続ける。カタリーナさんのあそこを動き続け、中に吐き出そうとしていた。

「もう出ます……っ、カタリーナさん！」

彼女の体が震える。反応が強くなってくる。俺は、彼女の体の奥底に打ち付ける。

もう、出る……！

「うぅぁあああああっ、ふぁあああああああああ!!」

「んんっ……俺も……、出ますっ……ぐっ……んぁ！！！」

「はあああああああ！！！　……くううっ、初めてで、イってるうぅ……!!　わたし……イッちゃってるぅぅぅぁ……ふうぁあぁぁぁ！！！！！！」

苦しそうな声を吐き出すカタリーナさん。苦しいのではなく、気持ち良いのか。俺もまた、似たような感じだった。どうしようもないくらい、昂ぶっている。

「はぁ……はぁ……、どうでしたか……、カタリーナさん……」

「くぅぁ……、ふううっ……。気持ち……良かったわ。初めて……なのに……」

カタリーナさんはそう言って、俺のほうを見つめている。

「それなら、良かった……俺も、良かったですよ」

カタリーナさんは微笑んでいる。ちゃんと気持ち良くなってくれたんだろう。

「ところで……。クルトさん……、そろそろ戻ってあげたほうがいいんじゃない？　ローターを売っていた子……貴方の彼女さんなんでしょ？」

「え……あっ！　いや、彼女ではありませんが、連れです……」

「ふうん、彼女さんじゃないのね。それなら今日のことは、引け目に感じなくてもいいわけね？」

「あ……あはは……どうでしょう……」

気づけば、結構時間が過ぎていた。そろそろビアンカの様子を見に行かなければならない。俺は慌てて服を着ると、カタリーナさんに退去の旨を伝えていた。

「それじゃ、俺は戻ります」

「ええ。またね、クルトさん」

俺は別れの挨拶を言いながら、カタリーナさんに手を振った。

ビアンカはいまも働いているのだろう、申し訳ない気持ちが湧いてきた。

彼女は本当に素直だ。商品のテストまでしてくれて……その姿を、俺に見せている。嫌われていないのは伝わってくる。しかしそれは人間としての好意なのか、はたまた恋人に向けるような好意なのかまでは分からない。

やがて集落にある広場までやってくると、ビアンカはちょうど店じまいの支度をしはじめるところだった。

そんな姿に少し後ろめたさを感じながらも、俺はつとめて明るく労いの言葉をかける。

「おつかれさま、ビアンカ。売れたようだね」

見ると持ってきていたローターはあらかたなくなっていた。100個は下らない数だったのに、それを一日で売り切ってしまった。

「ええ、予想以上の売れゆきでしたよっ。やっぱりすごいですね、繁殖期っ！」

ひとりで数時間の労働をしていたにも関わらず、彼女は屈託のない笑みを浮かべて俺を見ている。いったいどうしてビアンカがここまで俺に尽くしてくれるのか気になっていた。しかも、どういういきさつで従者になったのかも知らない。

「なあビアンカ……。教えてくれないか。どうして俺に仕えようと思ったのか」

「突然どうしちゃったんですか？」

「いや、あらためて聞いておきたいと思って」

「べつに隠すことじゃありませんのでいいですが……、長くなりますよ。それでもいいですか？」

「いいよ。ビアンカのことを、もっと知りたい」

「……分かりました。じゃあ、話しますね」

そこから、ビアンカは少しずつ語り出した。

「私の家はご主人様の、ランメルツ家に代々仕える家だったんですよ」

「それは知ってる。でも、それだけじゃおかしいだろ。俺の開発した物を試したりとか……その理由だけじゃ説明がつかない」

そもそも落ちぶれた俺の元から逃げ出してもおかしくない。どうして、俺のことを見捨てないでいてくれているんだろう。

「私……、弟がいたんですよ」

「え？　それは、初耳だな」

「本当なら、あの子も幸せになれるはずだったんです」

「……だった、っていうのは……」

俺は言葉を選びつつ、彼女から話を聞き出す。聞けば、ビアンカの弟ももちろんランメルツ家に仕えるはずだったらしい。

「でも残念ながら弟は生まれながらにして体が弱くて、しかも洗礼式で授かったスキルが……測量、というものだったんです」

「測量？　聞いたことないスキルだな」

ビアンカは、少し辛そうな顔をしている。この話の間、ずっと。

「ものを測るスキルですよ。職人になるなら良いスキルかもしれませんが……でも、両親からは使えないと思われたんでしょうね」

まるで俺みたいだ。そこまで思って、あえて言わなかった。

「……そうだったのか」

「両親から疎まれ、それを苦にした弟は……どんどん弱っていって、最期は病に……」

ビアンカは少し泣きそうにもなっている。俺はかける言葉がみつからなかった。

「もう、分かると思いますけど……あの子の姿を、ご主人様に重ねているんです」

ビアンカは素直な従者だった。俺には何も包み隠さない。俺には、隠し事をしない。

「ご主人様が希望なんです。私にとっては、ご主人様に尽くすことがあの子のためでもあるんです」

「知らなかった……。話してくれて、ありがとう」

俺はビアンカの弟のぶんも頑張るしかない。こんな話を、聞いてしまっては……。

「任せてくれ。俺は大成してみせる」

俺はビアンカのために、ビアンカの弟のために、また明日から売り込みにいこうと決意していた。もう、俺のためだけじゃない。俺以外の人のために、成功しなきゃいけない。

新たに芽生えた感情を胸に、俺たちはアルラウネの集落をあとにしたのだった。

2章　駆け出し商人はじめました

アルラウネの集落でローターを売ることで当面の軍資金は確保できたが、あれはいわばボーナスみたいなもの。商売は地道にやらなければすぐに足元をすくわれてしまう。

そこで俺は露店と並行して、時間があれば街にある宿を巡りローターを置いてもらえないかと交渉をはじめていた。

もちろん、そう簡単にはいかない。

あまり高級な宿では置いてもらえないことも分かってきた。

しかし運が良かったのか、狙いが当たったのか、最初に置いてもらった木賃宿での評判がほかの宿にも伝わっているらしく、徐々に良い返事をもらえる回数も増えていった。

そして、そのころになると、俺たちには協力者もできていた。

それがカタリーナさんだ。

俺がひとりでアルラウネの集落を訪れると、屋外の椅子に座り読書していた。

「こんにちは、カタリーナさん」

「あら、クルトさん。今日も行商かしら？」

「いえ、今日はカタリーナさんの知恵をかりたくてやってきました。こころでどうしてこんなところで読書を？　本が日焼けしそうですけど」

「これは、日光浴と読書を兼ねてるのよ。アルラウネ族にとって日光は重要なものだから」

動物なのか植物なのか判断に困るな。それにしても……。ページをめくるのが早い気がする。こんなに早く読める物なんだろうか。

「そうだったんですね、ひとつ勉強になりました。それでさっそく本題に入りますが、カタリーナさんは魔法とか、魔法石などにも詳しいですよね」

「魔法についての研究で生計を立ててるもの、当然よ」

本を読みながら、俺に返事をちゃんと返してくる。それでいて、集中して読んでいるようにも見えた。それが伝わったのだろう、聞いてもないのにカタリーナさんは知りたかった答えを返してくれる。

「私は速読のスキルを授かってね。それがきっかけで、魔道書を読むようになったわ」

「……なるほど」

合点がいった。彼女のいまの行動は、ちゃんと理由あるものなんだ。

「研究者として、貴方の魔法や商品は見過ごせないわ。本当に興味深い」

本をパタンと閉じて、俺のことを褒めてくるカタリーナさん。もちろん、悪い気がしないけど……。

「そこで聞きたいのですが、俺のスキルについて何か知っていませんか？」

「貴方のスキルについては知らないわよ。どんなスキルかも聞いてないしね」

「そうでした。俺のスキルはいたずら魔法と言います。聞いたことはありませんか？」

「聞いたことないわね。研究していいと言うなら協力させてもらうけど」

「お願いします！」

俺はカタリーナさんの手をとった。彼女はちょっと目線を逸らす。

こうして俺は強力な協力者を得ることに成功した。

カタリーナさんはいたずら魔法の解明だけでなく、商品開発のアドバイスも約束してくれたが、とにかくいまはいたずら魔法だ。前世の俺が願い、そしてこの世界の神様が与えてくれた力なのだから、使い道はあるはずだ。

もちろん新商品のアイデアが思い浮かべば相談に乗ってもらうこともあるだろうが、まずは自分が何ができて何ができないのかを知ることが先決だと感じていた。


カタリーナさんと別れて家に帰ると、今度はビアンカと話し合う。

もちろんいたずら魔法のことについてだ。

「……スカートをめくる力っていうのも、見過ごせないよな」

「そういえば、そんな力もありましたね」

「そこでだ。俺の力を込めた石を〝お守り〟という名目で売り出すんだ。これを持ち歩けばパンチラが見られるぞと。こんな商品はどう思う？」

「どうって……。まあ、男の人の中には女性のパンツを見ることに執着する人もいるそうですが」

「いや、九割の男はそうだと断言しよう！」

「ええ……」

ビアンカがなんともいえない表情を浮かべている。しかし事実（俺調べ）なのだから仕方ない。

「ただ、特定の誰かにその力が使えるってなると問題なんだよな……」

ビアンカはピンときてないようなので、俺は説明していく。

「好きな人のパンチラが見られる、って触れ込みにしてしまうといかがわしいだけでは済まなくなってしまう」

「……確かに、悪用されかねませんね」

「下手すれば、廃業まで追い込まれる可能性も……いや、すぐ処罰されたりするのかな」

このあたりは慎重にやらないと。カタリーナさんの協力も必要になりそうだ。

そこで翌日カタリーナさんに相談してみると、こう返ってきた。

「特定の誰かに効果がない魔法石となると……採取できる場所も限られてるわね」

「限られてる、というと？」

「少し危ないけど……そうね」

カタリーナさんに案内されて来たのはダンジョンだった。ビアンカも引き連れて三人で中に潜ってみたが、普通に魔物やら触手生物やらうろうろしていてビビッてしまう。

「どうしてこんなことに……」

「大丈夫ですよ！　採取なら得意ですし、カタリーナ様も護衛してくれますから」

カタリーナさんは魔法の心得がある。だから、多少の無茶はできるにしても……。

「俺なんか、剣も扱えないのに」

と言いつつ、その辺に転がっていたさび付いた剣を一応手には持っている。

「すべては新商品のためでしょう？　行くわよ」

カタリーナさんはむしろ魔物と戦いたがってるようだった。

そこからは小型とはいえど魔物たちが道を塞いでいた。俺はとにかく手にした剣を滅多やたらに振り回すだけで役にたってたとは言いがたく、魔物退治に関してはほとんどがカタリーナさん任せだった。

「あったわ。魔法石の鉱脈よ」

「ああ、これが……でも、あまり多くは採れなさそうですね」

半透明の石が連なっているがそれも一部だけのように見える。この中からお守りに使える魔法石を採取するのは至難の業に思えた。

「どうやって採取したらいいんだろう……ビアンカ、分かるか？」

彼女は採取のスキルを持っている。こういうことは任せるべきだ。

「ええ。私なら、できると思います」

こうしてカタリーナさんが見つけ、ビアンカが選別した魔法石は必要十分な量となっていた。

最初の協力者がビアンカで本当に良かったと思う。彼女がいなけりゃ、俺は何もできなかったかも……。彼女の指示に従ってお守りに使えそうな魔法石をつるはしで削って採取して、持ち帰って、そこからさらに研究。様々な努力が実を結んだ結果、ようやくお守りが形になるのだった。


「これを見てくれ。ビアンカ」

「……小さな布袋、ですね」

「俺のスキルを込めた魔法石が入ってる。石は、もらった紙で包んでみた」

その紙はカタリーナさんに書いてもらった術式が走っている。

「この石に込めたのは振動の魔法じゃなくて、スカートをめくる風を吹かせるほうの魔法だ」

「でも、それって……悪用されるって話じゃなかったでしたっけ」

「そりゃ、特定の誰かのスカートをめくる、という道具じゃな。でも、これは違う」

特定の誰かでなければいい。すなわち……。

「身につけながら歩いていると、一日一度くらいの頻度でパンチラを見ることができるという触れ込みで売り出す」

自慢げに言ってみたが、ビアンカはあっけにとられたような顔をしている。

「よく思いつきますね。ご主人様って、やっぱり天才だと思います」

そして、微笑んだ。これはどういう微笑みだ？

「試しにこれを持ち歩いたまま、街に行ってみるよ」

「ええ。私も、今日は休みをいただいていましたから……ご一緒します」

街を歩く。お守りの効果があるかどうか、確かめるために。カタリーナさんの知識は本物だと思うから、そこは疑ってない。けど……、見たくない相手のパンチラじゃしょうがないしな。

「まあ、いたずら魔法っていうのが煩悩からきてるわけだから、そこは問題ないか……」

「え？　なんですか？」

「いや。独り言だ」

そもそも、転生するときにやましい気持ちを抱いていたからあんなスキルになった。そう考えると、見たくない相手のスカートはめくれない可能性がある。と考えていると。

「きゃっ――！」

エルフらしき女性のスカートがひらりとめくれた。後ろ姿で顔は良く見えなかったが、かわいかった気がする。

「……いまのが、新商品の効果ですか？」

「ああ。もっと試してから売るけど、いけそうだな」

そうして、新商品を並べるようになった。商品は最初のアイデアどおり単に「お守り」と名付けることにした。

このお守りは最初こそ売れなかったけど、じわじわと評判が広がっていった。俺のお守りを持っている人の多くが「パンチラを見れた！」と噂をし、それに興味を持った人が買いに来て、さらに噂を広げてくれるという好循環が生まれた。

ちなみに一番こだわったのが「魔法石の効果が延々とは続かない」ということだ。これは俺のアイデアだった。できるだけ効果は短く、しかし確実に、というオーダーで術式を組んでもらった。そのおかげで、リピーターというものができた。ローターほどの人気はないが、定期的に購入していくファンが付いたことで売り上げは安定している。想定どおりだ。

これくらい売り上げがあれば……そうだな。

「ビアンカ。もう、酒場で働くのはやめてもいいんじゃないか」

「……そうですね。私もご主人様のお手伝いがしたいです」

そういう意味で言ったつもりはないけど……でも、これでビアンカばかりを働かせずにすむ。

「良し、今度祝杯をあげよう」

「ふふっ。いいですね」

ギリギリではあるが、食べていけるようになった。その実感が、俺を少しずつ成長させていた。

◆

めまぐるしく日々は過ぎていく。大商人への第一歩ぐらいは踏み出したんだろう。まだまだアイデアはある。やりたいことも山ほどある。

「…………」

それでも、物を作るというのは難しい。手作り、というところに限界が訪れようとしていた。俺とビアンカだけの手では回らない。そんなところまできていた。

「ちょっと手詰まりになってきたな。もっと、ほかに作れそうなのに」

「私は、ご主人様がかつて生きていたという世界を知りませんから……。でも、いろいろなものがあったんでしょうね」

　俺は思い返す。ローターが作れるのだから、バイブも同じく作れないだろうか。

「そうだな……ここらで、もうひとりくらい協力者がほしい。カタリーナさんが手伝ってくれるとはいっても頭脳労働専門だから、できれば鍛冶師とか細工師みたいな職人の手が欲しい」

　ビアンカもうなずいてくれた。ここから先、もっと難しい形を作るのは俺たちだけじゃできない。たしか街から少し行けば、ドワーフの集落があるはずだ。

　鍛冶が盛んだっていう話も聞いたことがある。下手な鉄砲も数打手ば当たるという言葉もあるし、なんとかなるだろう。

　しかし、いざ交渉に入ってみるとそれが甘い考えであったと気づかされたのだった……。

「新商品を作りたいのですが、まずは図面を見てください……。どうですか？」

「面白い設計図だな。見たことのない器だ」

　職人は目を輝かせているように見える。やっぱり、見たことのない形を作るというのは、それだけで面白いんだろう。

「で、何に使うんだ。ここにある空洞には何が入る」

「ええ、実はこれ、ローターといいまして……」

　ここで包み隠してもしょうがない。用途を言わずに作ってもらって、あとからトラブルになっても困る。が、しかし。

「二度と来るなっ！　俺の仕事をなんだと思ってるっ！」

まあ、そうなるよな……。

いくら目新しいものを作れるといっても、その用途がエログッズであれば「バカにするな」となってしまうのもうなずける。それが自分の腕に誇りを持っている職人であればなおさらだ。かといって駆け出しの新人では提携する俺たちのほうに不安が残る……。さて、どうしたものか。

「……難しそうですね」

「ああ。やっぱり、頑固な人っていうか……プライド高い人が多いな」

それは悪いことじゃないというか、むしろいいことなんだろう。だけど、俺にとっては大きな壁となった。

結局その日は収穫らしい収穫を得られなかった。今日はもう日も暮れてしまった。帰るしかないか、と思っていたそのとき。

「彼女がこの街にも来るなんてね……」

商人らしき男性ふたりが、立ち話をしていた。

「ああ。お手並み拝見というところかな」

「そんなこと言える相手じゃないよ。彼女……ヒナミヤの商才は本物だ」

ヒナミヤ。聞いたことのある名前に、ふっと立ち止まる。

「……あの、すみません」

「ん？　なんだい」

「ヒナミヤというと、ユイカ・ヒナミヤさんですか？」

「ええ、そうですよ。どうやら今度、この街で商売をするんだそうですよ」

「んぁ……？　ところでおまえ、見たことある顔だな」

ああ。商人ということはライバルでもあるのか。俺みたいな露天商の顔まで覚えているとは、やはり商人の記憶力はすごい……。

「い、いえ。人違いです」

聞きたいことは聞けたので、ここはそそくさと立ち去るのが吉だろう。その帰り道でビアンカが聞いてきた。

「ユイカさんってたしか、一度お屋敷にいらっしゃったことがありましたよね？」

「ああ。なんとか彼女の力……じゃなくても、知恵を借りられないかな」

かなりの大商人。というか、大商会の一番偉い人……だったよな。俺がまだ貴族だったころは別の世界にいるある程度対等な人というイメージだったけど、いまは同じ世界にいるずっと格上の相手という感じだ。

俺たちは一旦、ユイカさんに会うことも考えつつ、家まで戻った。

そこでもビアンカとふたりでの作戦会議は続く。

「……ここで、ユイカさんと知り合いだっていうのを使わない手はないよな」

「そうですね。この街に来てくれるなんて、ラッキーですよっ」

確かにラッキーと言えばかなりのラッキーだ。やっぱり、チャンスと考えたほうがいいんだろう。もしかしたら、俺の名前くらい知ってくれているかも……というのは、思い上がりかな。

「やっぱり、ここは臆している暇はないいな……」

俺は覚悟を決めた。断られたりあしらわれるのはもう慣れてきた。とにかくいまは行動あるのみだと、翌日、ビアンカとふたりでユイカさんを訪ねてみることにした。


「立派な店だな……こんな店、いつの間に建ったんだろう」

「ですね。でも、ここの店長さんさえ、ユイカさんに比べたら……」

ユイカさんはこの店の店長ではなく、さらに上の立場にある人ということだ。貴族だったころもっと上手く立ち回れていたらと後悔するがもう遅い。しかし、こうして見ていると……店の大きさと、その背後にある商会の大きさをひしひしと感じ取る。

「やっぱり、帰ろうか……？」

「何言ってるんですかっ。ここで帰ったら意味ないでしょう」

「いやでも……、さすがにこの店構えを前にしたら覚悟が揺らいじゃってさ……。それに俺なんかがいまさら来たところで、ユイカさんは話さえしてくれないよ」

「そのユイカというのは、私のことかな？」

「えっ⁉　あ、ああ、ユイカさんっ！」

俺とビアンカが店の前で不毛な押し問答をしていたところ、当の本人が現れるといった漫画のような展開になってしまった。

「君は……。確か、ランメルツ家の末っ子だったかな？　家の話は聞いているよ」

ユイカさんは覚えてくれていたようだった。家の話を聞いている、ということは俺から説明することはないな。勘当されたとかそういう話を俺からするのは気が滅入る。

「ど、どうも……お久しぶりです」

「久しぶり。そっちの彼女は、メイドだったね。彼についてきたのかな」

「お久しぶりですっ。覚えてくれてたんですね、ビアンカと申します」

うん、まあ、と言いながらユイカさんは内心の読めない表情をしている。だが無関心なようには見えない。その証拠に、獣人族の特徴である獣耳がゆっくりと波打っている。もしかすると、勘当されてから商人をはじめたことまでも知っているんだろうか。

ユイカさんはビアンカと同じく、獣人族の商人だ。ビアンカが犬だとすれば、彼女は狐。商人らしく、目つきも切れ長で鋭い。勘も鋭そうだ。

何よりもその衣服が特徴的で、露出こそ多いが、この世界では珍しい着物のような服を着ていた。

「……あ、あの。じつは今日はユイカさんに相談があってきたんです」

「うん。あれから、商人をしているそうだね。面白いものを作ってるらしいじゃないか」

やはり俺がいま何をしているかも知っているらしい、それなら話が早いぞ。

「じつは俺……、いま鍛冶師を探してるんです。それも、なんていうか……いろいろな仕事を引き受けてくれそうな」

どうしよう。「エログッズでも作ってくれる」と、ちゃんと伝えたほうがいいかな？　でも俺が作ってるものは聞いてるよな……。

「鍛冶師か。ドワーフの集落にはもう行ったかい」

「行ったんですけど、どこも請け負ってくれなくて」

口元に手を当ててるユイカさん。独特の空気があるというか、少しの仕草にもプレッシャーを感じてしまう。

「それは不思議だね。一体どんなものを依頼したのか気になるな」

……そうか。「面白いものを作ってるらしいじゃないか」と言っていたから何を売っているのかも知っているかと思い込んでいたが、ユイカさんは俺がどんな商売をしているかまでは知らないんだ。

ここはどうするべきだろうと思いながらビアンカのほうを見る。

ビアンカも、俺を不安そうに見ていた。

「その……、作っているものはベテランの鍛冶師が顔を赤くして怒るようなものでして……。なのでまだ無名の職人で信頼できるような人がいたら紹介していただきたいな、なんて思っているのですが……」

ユイカさんは少し考えたような仕草をする。俺は大事なところを話さないでおいた。

理由は作るのがエログッズという多少いかがわしい商品であるというのもあった。しかし何より、いかに俺のいたずら魔法なしでは商品として成立しないとはいっても、別の仕組みで再現されてしまうかもしれない。

いまここでユイカさんに商品のアイデアをすべて話してしまうのは商人として間違っている気がしたからだ。

「なるほど……。ふむ、心当たりはあるよ。でも、紹介料は取らせてもらう」

良し。多分、これでいい……。これ以上、上手くやるのはいまの俺にはできない。

「ありがとうございます！」

商談はあっさりと成立し、アルラウネの集落で稼いだなけなしの貯金からユイカさんに紹介料を支払うことになった。

「まだ無名だけど、ひとり心当たりがある。駆け出しの鍛冶職人に豪腕のスキルを持っているドワーフがいて、技術も確かだ。名前はエーディト・アーレンスという」

それがユイカさんが教えてくれた人物だった。

どんな人だろう、と思いながら……翌日、俺たちは紹介された工房へと向かった——。


今日も朝から行動している。本当はひとりでも良かったのだが「そこなら私が働いている酒場から近いので案内しますよ」とビアンカが言うので道案内がてら一緒に来てもらうことにした。目的はもちろん昨日ユイカさんに紹介してもらったエーディトさんというドワーフの工房への訪問だ。

「こんにちは。ユイカ・ヒナミヤさんに紹介されました商人のクルドと申しますが、エーディト・アーレンスさんはいらっしゃいますか？」

「……ええ、と……、あたし……だけど……」

その容姿をみて驚いた。ドワーフというのだから屈強な男をイメージしていたけど、目の前にいるのは顔立ちにまだ幼さの残る少女だった。

水牛のような雄雄しい角と、ウエーブがかったピンクの髪のギャップにも驚くが、何よりのギャップはその童顔とはかけ離れた豊満な胸……っと、いけないいけない。安くはない金額を払ってユイカさんに紹介してもらった人だ、気持ちを切り替えて交渉しないといけない。

俺は襟を正して交渉に入ることにした。

「あなたがエーディトさんですね？　じつは仕事の依頼があるんですが」

「仕事……何か、作るって話……？」

話してみるとエーディトさんは朴訥な女性だった。

受け答えもひとことひとこと、区切るように丁寧に対応してくる。

「ええ。エーディトさんにしか頼めないものだと思ってます」

彼女が有する豪腕のスキルというのは、実際の筋力以上の力を発揮できるというスキルだ。少し見ただけだけど、家の中は綺麗に整頓されていた。工房でも道具を大事に扱っているんだろう。

ユイカさん曰く、職人としての腕は確かだが、達人級の職人と比べ見劣りしているということらしい。厳しい世界なんだろうな……と想像しながら、俺は設計図を見せる。

「これを作って欲しいんです。どうですか」

「……作れる。と、思う、けど、何に使うの」

「それは……」

エーディトさんが女性であることが説明を躊躇《ちゅうちょ》させる。純朴そうな彼女がはたして俺たちが作ろうとしている物に賛同してくれるかどうか……。

ビアンカが説明したほうがいいのかもしれないけど、ここはあえて俺から切り出した。

「その……バイブと言って、男性の……その、ペニスの代わりに、女性器を慰めるアイテムがありまして……」

婉曲に説明しようにもそもそもこの世界にエログッズがない以上、説明はどうしても生々しい言葉が必要になる。

予想どおり俺の説明を聞いていたエーディトさんの顔は、その髪に負けないくらいみるみる赤くなっていた。

「……ということですが、どうですか？」

エーディトさんの反応は傍目に見ても芳しくない。

やっぱり駄目か……と思いながらも、あの大商人であるユイカさんが推薦してくれた職人だ。こちらも簡単に諦めるわけにはいかない。

「俺はまだ商人として駆け出しです！　たしかに作る品物もドワーフの矜持には響かないものかもしれない。でもだからこそ、腕に信頼が置けるエーディトさんにお願いしたいんです！」

「………………」

「ほかの鍛冶屋さんには頼んでいません。……正直に言えば頼む前に門前払いが続きました。つまりバイブの説明を最後まで聞いてくれたのはエーディトさんがはじめてで、俺たち以外でこの図面を見た人はひとりもいません！　だから俺たちは、もし受けてくれるのであればこの仕事は全部エーディトさんに任せたい！　エーディトさんに独占で作ってもらいたいんです！　きっと売れます。めちゃくちゃ売れます！　そうすればさらに安定してエーディトさんに仕事を頼めます！　だから……お願いします！」

エーディトさんは迷っているのか、それともただ恥ずかしがっているのか、顔を伏せていたが、やがてゆっくりとその顔を上げてオドオドとした口調で語り出した。

「あたし、は……。あたしも、まだ職人として駆け出し……だから、貴方とは良く似てる」

確かに、周りに認められていないという境遇の近さはあるかもしれない。

「設計図も、面白い。こんなもの、作ったことないから、作りたいけど……。けど……、その、……使い道が」

やっぱり、そうか。まだ羞恥《しゅうち》が残ってるんだな。

最後のひと押しが足りない状況にある。俺は次なる一手を考えた。

「そうだ。エーディトさんの工房を見せて欲しいんですが、どうですか？」

「あたしの？　べつに、いいけど……」

エーディトさんに頼み込んで、俺たちは彼女の工房へと入っていった。そこには、そこには精巧な剣や槍があり、金属に留まらず木製の細工なども飾られていた。これまで交渉を俺に任せて隣で黙っていたビアンカも思わず声を上げている。

「わあ……凄い」

「本当に、凄いな……この文化レベルでこんな精巧なものを」

「この文化レベル……、それはどういう意味……？」

俺の言葉に若干のひっかかりを覚えているようだけど、エーディトさんは照れたような顔をしていた。実際に、俺はかなり衝撃を受けていた。やっぱり、職人というのはどの世界にもいる。彼女に頼むしかない。そんな気持ちになった。

「やはり貴方の技術が必要だと確信しました。ほかの誰かではダメです」

「あ、あたしじゃなくても、こんなの作れる」

俺は彼女の手を取り、こう言った。

「いえ、貴方じゃなきゃダメです。もう決めました。俺たちはエーディトさんに断られたら、バイブの作成は諦めようと思います。それくらい貴方の腕にほれ込んでしまったんです。お願いします。力を貸してくれませんか？」

「私からもお願いします、エーディトさん」

「うう……断り、づらい……」

——顔を赤らめながら、エーディトさんはコクリとうなずいてくれた。

これでひとまず、バイブを作る手はずは整った。

俺たちはその足でユイカさんに交渉の成功を告げにいくと「貴族のころよりいい顔をし

ているよ」と発破をかけられ、悪い気はしなかった。

バイブは精巧な機械になるため、ひとつひとつを丁寧に作ることになる。必然と単価も高くつくし、大量生産も難しい……。しかし、だからこその希少価値もある。

それからしばらくは露店でローターやお守りを売り続けた。

売り上げは以前に比べて伸び悩んでいるけど、新たな商品も開発している。バイブに関しては、この世界の人はびっくりするはずだ。

露天での商売がひと段落する時間を見計らい店番をビアンカに任せ、俺はひとりエーディトさんの工房へと向かう。いちいち確認に行くのも急かしているようで悪いと思いつつも、居ても立ってもいられないのだから仕方ない。

俺は結局今日もエーディトさんの工房までやってきていた。

「いないな……」

工房をのぞくと、留守だった。鍵がかかっていない……。

「……上がってもいいのかな？」

先日工房で見た剣や細工を思い出していた。記憶を頼りに陳列棚のほうへ足を向けては、精巧に作られた剣や鎧に見惚れる。

「本当に凄い……武器って、ロマンだよな」

思わず独り言が出る。多分、実際に使うには装飾過多な剣だ。それにしたって、格好良

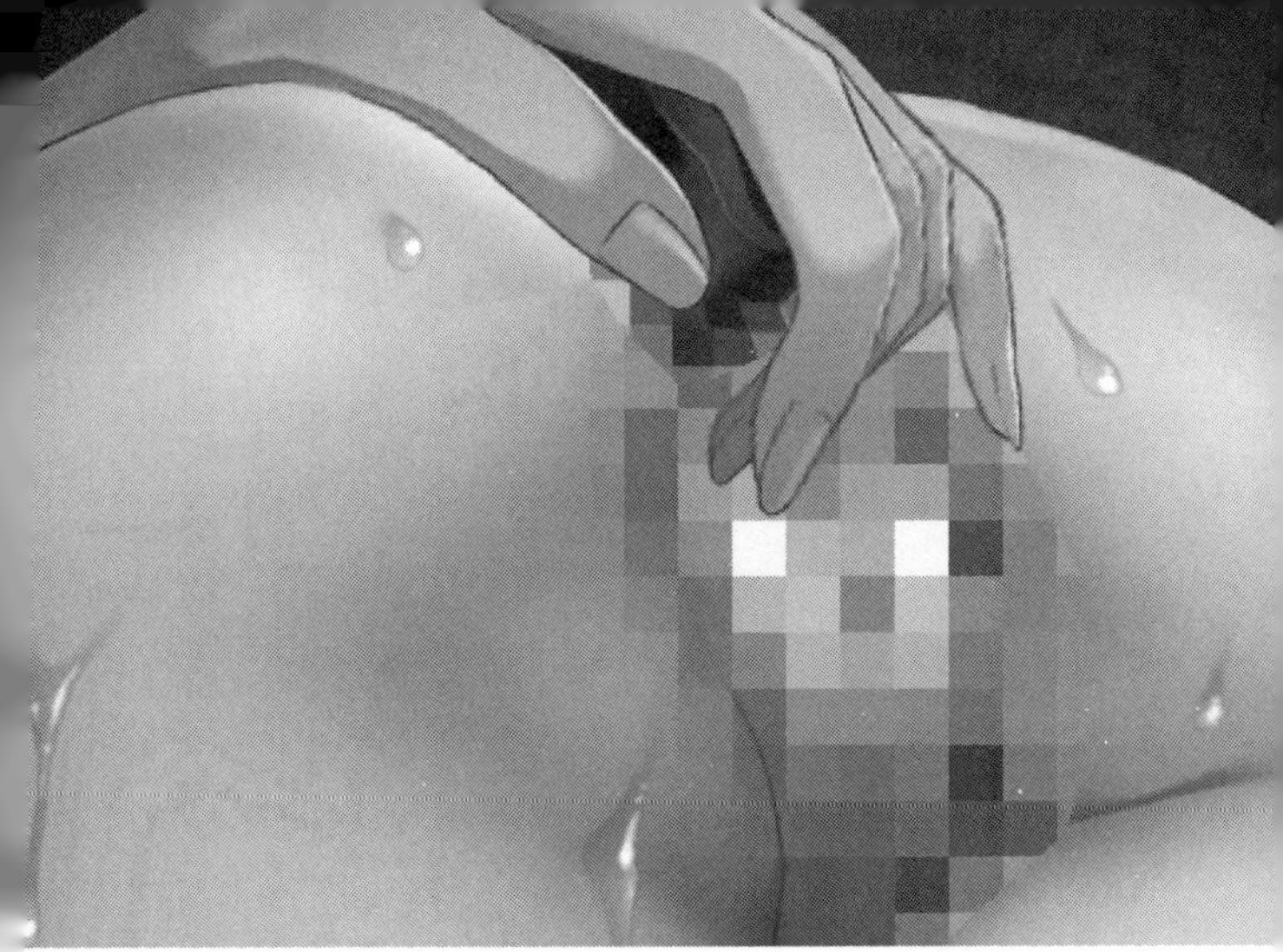

い。美的なセンスもあるんだ、と思っていると――。

やばい！　彼女が帰ってきた。

勝手に上がったとしれたら怒られると思い咄嗟に飾ってある甲冑の影に隠れたが、隠れたからどうというところもある。素直に「進捗が気になってきちゃいました」と白状すれば許してくれるかもしれない。そんなことを考え、出ようとしたが……。

「………はぅ……」

隠れるしかない状況が目の前で起こってしまった。なんとエーディトさんはバイブの試作品らしいものを手に取り、ため息混じりにまじまじと見ていたかと思えば、明け広げていた扉に鍵をかけ……服を脱ぎはじめたのだ。

「……これに、魔法石を仕込むなんて……そんなの、絶対気持ち良い」

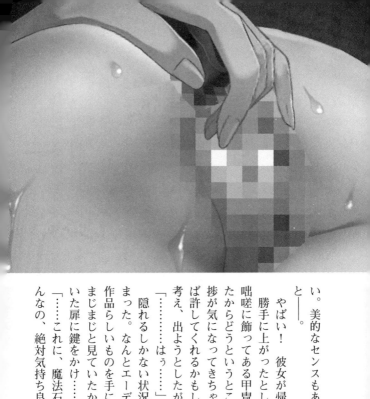

独り言が聞こえる。俺の存在には全く気づいてないようだ。

やがてエーディトさんは床に這いつくばると、バイブの試作品を膣ではなくアナルへと挿れ、抜き差し運動をはじめてしまった。

「ふうっ……はぁ、っ……太い」

彼女は処女なのか、それともアナル好きなのか。

甘い匂いが工房内に充満してくらくらする。ドワーフの生態は良く知らないが、発情しているのが伝わってくる。

俺は出て行くこともできずに、彼女の自慰を見つめていた。

「はぁ、はぁ……入っちゃう……んん」

そういってエーディトさんは、手に持ったバイブをお尻に埋め込んでいく。

「はあああああああぁ……あたし、凄い

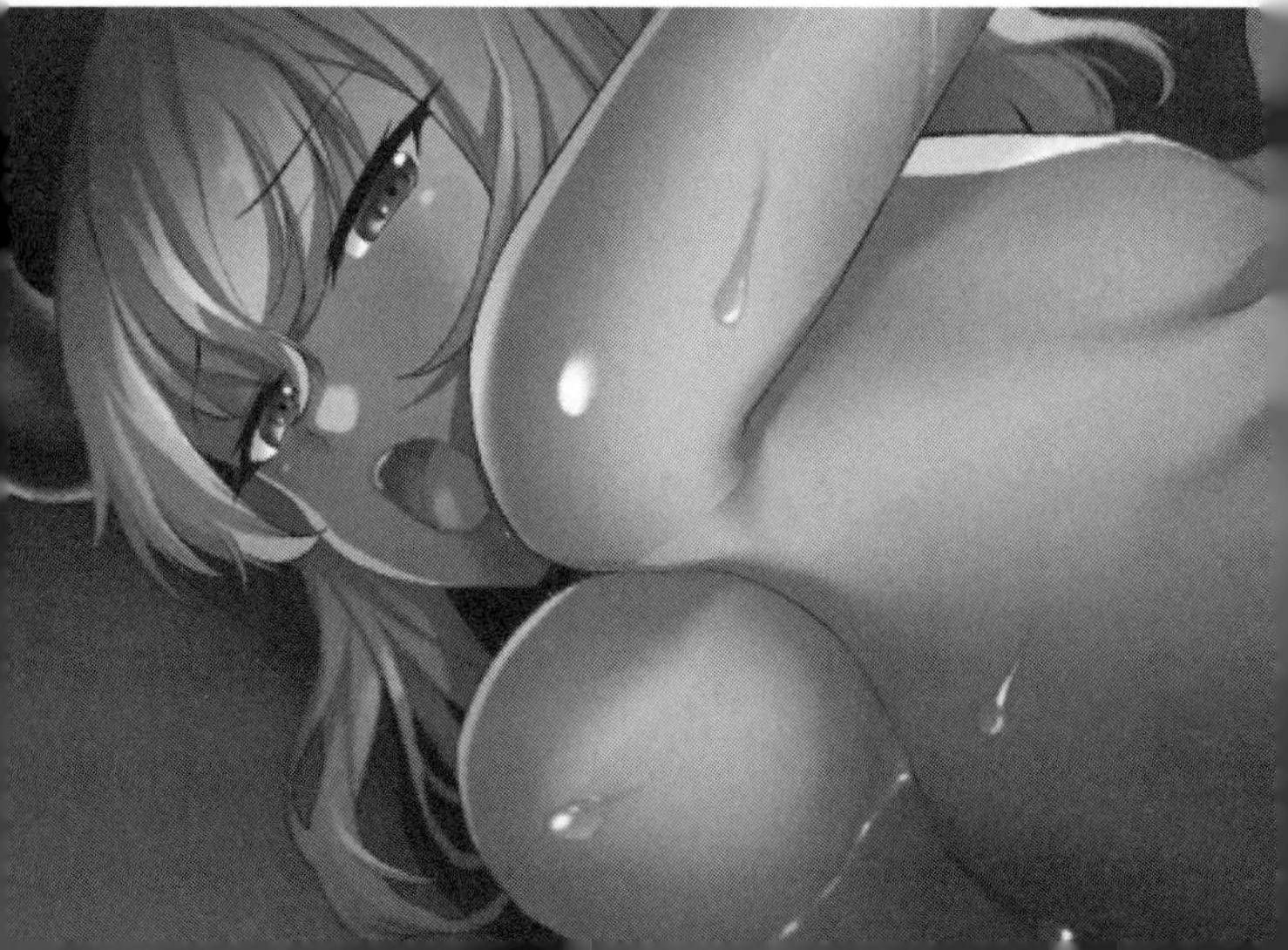

ことしちゃってるっ」

彼女のうっとりした声に俺まで息が荒くなりそうだが、それは許されない。

何としても、このまま気づかれないようにじっとしているしかなかった。

「んんんんっ。抜くときも、気持ち良いぃぃぃぃ!!」

雌の匂いがここまで漂ってくる。

エーディトさんが欲望を燃やしている。

俺が考えたバイブで、彼女が興奮している。

俺がエーディトさんの中を犯している。

「はぁ、はぁ。お腹の奥が……っ、押されちゃってるぅ……」

彼女は何度も抽送していた。膣内からも愛液が垂れはじめている。

その姿を見て、俺のペニスがガチガチに勃起する。

しかし何もできない……。生殺しの呪縛に、ただ耐えていた。

「はぁ、っ、くうぅう……もっと、ほしい……ぁ……」

エーディトさんはのぼせたように顔を赤くしている。

匂いが強まる。問答無用で男を魅了する匂いが。

俺は堪らない気持ちでいた。何もできないのが悔やまれる。

「苦しいくらい、いいいっ。はぁ、あぁ、あぁんっ」

声が少しずつ大きくなってきている。

「んんっ、はぁあああ……あぁあん、うぅぁあああ、はあああぁぁぁ……」

エーディトさんの行為が激しくなる。あそこには、指一本触れない。普段からアナルオナニーをしているんだろうか。そう思えるくらいに、お尻ばかりを虐めている。

「くうぅ……はぁ、はううぅっ。んんっ……ふうぅ」

彼女の体が震え出す。恍惚に浸っている。

この世界にバイブというものがまだない以上、好奇心に抗えなかったのかもしれない。俺はただひたすらに彼女の行為を見つめ続ける、そのいやらしい姿を目に焼き付ける。

「はあああああっ、声ぇぇ……止められなぃ！！！　ん……、はぁ、あああぁぁ！！！」

彼女は行為に夢中になり、自分のアナルを虐め続ける。

この世界の誰も体験したことのない快感を、彼女がいまはじめてその身に受けている。

お尻だけで、イクというのはあるんだろうか。俺には分からない。分からないが、目の前のエーディトさんはイキそうになっているようにも見えた。

「うううううぅぅぅ、ふううっ。これが、揺れたら……どうなっちゃうの」

エーディトさんは完成形を想像しているようだった。確かに、いまのこの刺激だけじゃ済まないだろう。

「はぁ、はぁ。気持ち良いっ……お尻、堪らない」

その姿に俺はいよいよ動けなくなってしまう。

もし見つかればいつからいたのか、という話にもなるだろう。すでに事故のようなものだという言い逃れはできない状況まで見てしまっている。……が、ばれるとかばれないとか、そんな考えは彼女の痴態を前に頭から抜け出していく。

「はあああっ、あうううっ。んんんんぁああ、あうううぅ」

それくらい俺も、目の前の光景に心を奪われていた。

いかにも奥手そうな彼女でもこういうことをするんだと、不思議な興奮を覚えた。

俺の考えたペニス形のバイブで自らのお尻を深くまで抉り続け慰めている。

膣からあふれ出してくる愛液がエロかった。

苦しそうな声がエロかった。

興奮する。

もっと見ていたい。

そんな考えが頭を支配していく。

「あぁ、あそこの奥がっ……はぁ、押されてる、はぁああ」

子宮のことを言ってるんだろう。アナルを刺激するというのはそういうものらしい。何度も抜き差しして、気持ち良いところを確かめているようだった。

止めどなく愛液があふれ出て床を汚している。もう彼女が彼女自身を止められないようだった。

「はぁ、はぁ、イキそうっ……。こんなの……、イっちゃう……っ」

イク、と口に出した。もうじき達してしまうらしい。

その言葉に俺の脳が反応してしまったのか、握った手が汗ばんできた。

「はうううううううっ……くううっ、んんんんんんんっ……！」

エーディトさんの抜き差しする手が速くなってくる。とは言っても、限界はある。それに振動がないぶん刺激は足りないだろう。早く完成品を渡してあげたいな、と思った。

「あぁ、おつゆが……はぁ、こんなはしたないこと、しちゃってるぅ……」

背徳に浸りながらも、羞恥の穴をいじり続けるのを止めない。

欲しがって、自慰を続ける。

「はあああああぁ、苦しいっ……イキたい、んんぁあぁぁ!!」

そうだろうと思う。イキたくて堪らないはずだ。

エーディトさんは足りない刺激をバイブの動きを強めることで補っていく。

「くうううっ、お尻でイクっ、はぁ、はううぅぅ」

声は高くなり、強くなる。

「こんな、恥ずかしいことしちゃってるぅぅ、はぁあああああぁ！！！！」

声を上げながら、高まっている。もう耐えきれないところなのだろう。

体の中をいじり続ける……体中に、快楽が駆け巡っていることだろう。
愛液が溢れる。もう洪水状態だ。それでも、あそこはいじらない。
エーディトさんは、アナルだけでイこうとしているようだった。

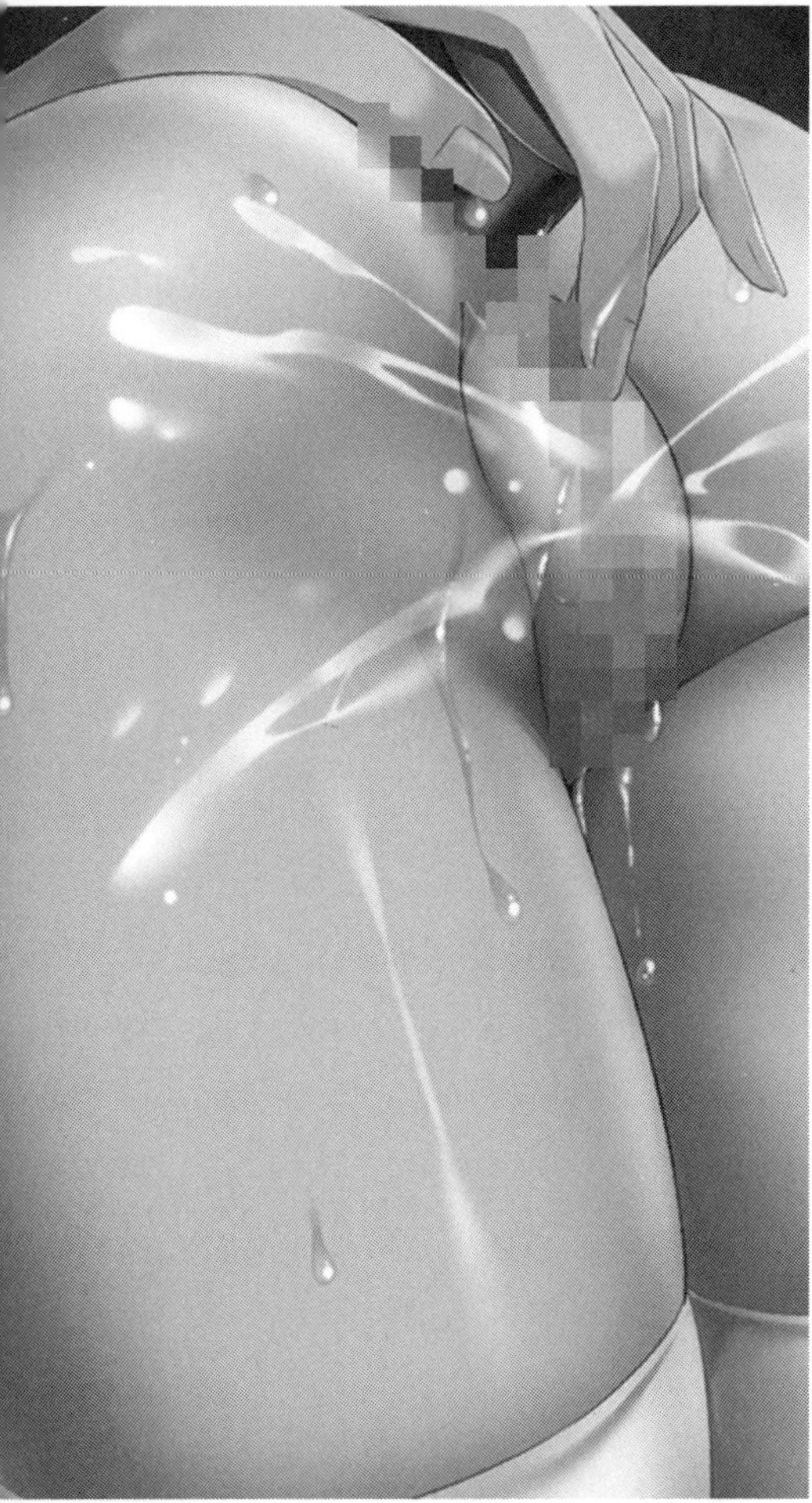

「ううぅぁあああああああ、はうううううぅ……‼」

甘い香りが工房内に強まる。そして、限界がくる……！

「うぅぁああああああああああああああああああっ‼」

ぞくぞくと体を震わせる。本当にお尻だけでイった……。

「ぁああああああああああっ……はあああぁ、はうぅぅぅう……ふぅ……はぁ……」

余韻に浸りながら、顔を真っ赤にする。

「イってるうぅうっ……くうっ、はうぅぅう……はぁ……、はぁ……」

気持ち良さそうな姿だった……俺にはなんの刺激もないけど。それが、とにかくもどかしいことだった。

彼女は、肩で息をしながら、まだ快楽を受けている。

そんなふうにしか見えない……まだ、熱が冷めないのだろう。

「はぁ、はぁ。ああ。こんなこと、駄目なのに……」

自分で作った物を、自分に使ってしまった。そんな気分にもなっているのかもしれない。

そういう気持ちに陥るのも分からないでもない……。

「お尻でするの、やめなきゃ……こんな、恥ずかしい趣味、人にばれたら死んじゃう」

もうばれてる。とは、とても言えなかった。恥ずかしい趣味、とも言っているし。彼女がこんな姿を見せるなんて、思わなかった。

「ん……？　くんくん……。この匂い……、クルト……さん？」

「えっ!?」

そんな油断からか、予想外に自分の名前を呼ばれたので思わず声が出てしまった。

「見ら……れてた……？」

「いや……、あの……、これは事故で……すみません!!」

観念して鎧の影から出ると、エーディトさんに向かって頭を下げる。彼女はすでに自慰の一部始終を見られたことを悟っていた。

「なんで……？」

「バイブの進捗が気になって……。それで工房に来てみたらエーディトさんがいなかったので少し待たせてもらってたら……」

「なら……、あたしが帰ってきたときに……声、かければ良かった」

それはそのとおりなんだけど……。

「私の恥ずかしい姿……、全部……見られた」

ジト目で睨まれてしまった。ふだんなら恐ろしい気持ちになるのかもしれないが、あんな光景を見せられたあとだとそのジト目も魅力的に映るのだから不思議だ。

それでもこの状況が大ピンチなのには変わりない。エーディトさんの機嫌を損ねた瞬間、俺たちの商売は終わる。それだけは回避しなければならない。

「誰にも言いませんから！」

言い訳にもならない言い訳をする。これで許してもらえるとは思っていなかったが、しかしエーディトさんは次の瞬間、予想外の条件を突きつけてきた。

「言葉だけじゃ、信用できない……。だからあなたも……秘密を……、作る。クルトさん……、ううん、クルト……、あたしのこと、触って」

「え……？」

「もし……いま見たことが、誰かに知られたと感じたら……、ビアンカさんに……、報告する……」

「ビアンカは関係ないと思うんだが……」

「関係ある。まだ知り合って日は浅いけど……、なんだかクルトはビアンカさんなしでは……生きていけない。そんな気がする」

そのひとことで、ビアンカがいなくなったときのことを考えてみる……。

たしかに数日と持たないうちに、俺の生活は破綻してしまうだろう。

「分かった。たしかにビアンカがいなくなったら生きていけないかもしれない。でも、それと俺がエーディトさんを触るのとは関係がないことじゃないかと……」

「秘密の共有……。一方的な秘密は誰かにしゃべりたくなるけど……、お互いに秘密を握り合っていれば……、秘密……守られる」

そ、そういうものか……？

「だから、……触って」

そういって、俺の手を握ると自らの胸に当ててくる。先ほどの自慰行為で体が火照っているためか、その胸はとても柔らかくて、温かくて、そして湿っていた……。

その瞬間、俺の理性は限界を超えた。

彼女が提示した示談の条件だ。断れば、その時点で俺たちの商売は終わってしまう。

……いや、これはただの言い訳だ。

先ほどから自慰を見せられ続けて、俺は我慢できなくなっていた。

エーディトさんの手によって誘われた手は、もはや彼女のガイドがなくても己の意思で胸をいじりはじめていた。乳首が立っている。触ると、息づかいが少し荒くなる。

「はぁ、あああ……ぅ、クルト……、あそこ、触って」

「分かりました、エーディトさん」

「違ぅ……、命令、口調で……、名前も……呼び捨て……」

「分かった、エーディト。おまえのアソコ、いまから犯すぞ？」

「はぁぁぁ!!　あたしの……おまんこ……、おか……、されちゃう……の……!?　そこま……でっ……んんっ！」

続きを言わせないよう、俺はエーディトさんのあそこに手を触れていた。

先ほどまでの自慰のおかげか、ねっとりとした液が指先に滴り落ちてくる。

「はんんっ……はぁ、クルトの指がっ、あぁ」

はじめての男に秘所を触られる快楽を受け、気持ち良さそうな声を上げるエーディトさん。

このまま普通のセックスをしてもいいが、いままでの状況から考えて、彼女はかなりのMなのだろう。何か良い方法はないだろうか？　そう考えていたときにポケットに違和感を覚えた。

「試供品は持っておくものだな」

「はぁあぁぁぁ、はぁううっ。んんっっ、くうっ、はぁ……、なに……それ……」

エーディトさんは顔を赤らめて、うっとりしている。

バイブをお願いするときに見せていたはずだが、彼女はあえてしらばっくれている。

なるほど、そういうプレイがしたいのか。ならばこちらも……。

「宿に営業に行く際に配っている、試供品のローターだ。さて、これをどうするかな……」

これをクリトリスにあてて……、いや彼女はアナルオナニーが趣味と言っていたから、アナルのほうがいいだろうか。そんなことを考えていたところ——。

「ダメ——、そんなの……感じない！　角とか……、ぜんぜん……平気だから！」

なるほど。角が性感帯だったのか……。

「平気かどうかは試せば分かる」

そう宣言してローターを彼女の角に当ててみると――。

「感じないっていってるの……………にぃぃぃぃっ。ん、あぁ、はあぁぁぁ!!!!!」

ローターが角に当たった瞬間、彼女は体を震わせてイッてしまった。

「全然平気そうじゃないじゃないか? やっぱり体は正直だな。さて、次はこっちだ……」

あそこが濡れてきている。もう入れていいだろうとは思うが、念のため準備ができているのかどうか、エーディトさんに確かめる。

「い、いま挿れられたらっ……、ダメ……」

どうやら準備はOKのようだ。

「挿れるぞ」

そうひとことだけ宣言し、俺はゆっくりとペニスをその彼女の体の中に埋め込んでいく……。ぶちぶちっと、肉の裂ける感触が伝わってきた。どうやら処女だったようだ。

「……んっ、はぁ、はあんんっ、はあああああぁぁ!!!!!」

その姿を眼前に、俺は手にしたローターを彼女の角に優しく押し当てては固定してた。処女の痛みが少しでも紛れるといいな、と。

「んんぁあっ……はぁあ、ぁうううっ。んぁあぁ、ああああぁ」

「痛くないですか?」

結合部から滲む血を見て、思わず素に戻ってしまう。

「痛くない……むしろ、気持ち良い。それと……続けて……」

　エーディトさんは震えながら、答えてきた。挿入を続けるのか、それとも命令口調を続けるのか……おそらくはその両方なのだろう。俺は無言でうなずきながら、破瓜の証が残る膣内で動き始めていた。

「続けるぞ」

「はあああぁ、初めてなのに、感じてるっ。はぁ、あううぅ」

「感じられるなら、感じたほうがいい」

　俺はそう言いつつ、彼女の中を抽送する。

　エーディトさんは気持ち良さそうにしながら、顔をとろけさせる。

「ふううぁあっ、はあああああぁ……あううっ、くうううっ」

　エーディトさんの膣の中は、気持ち良かっ

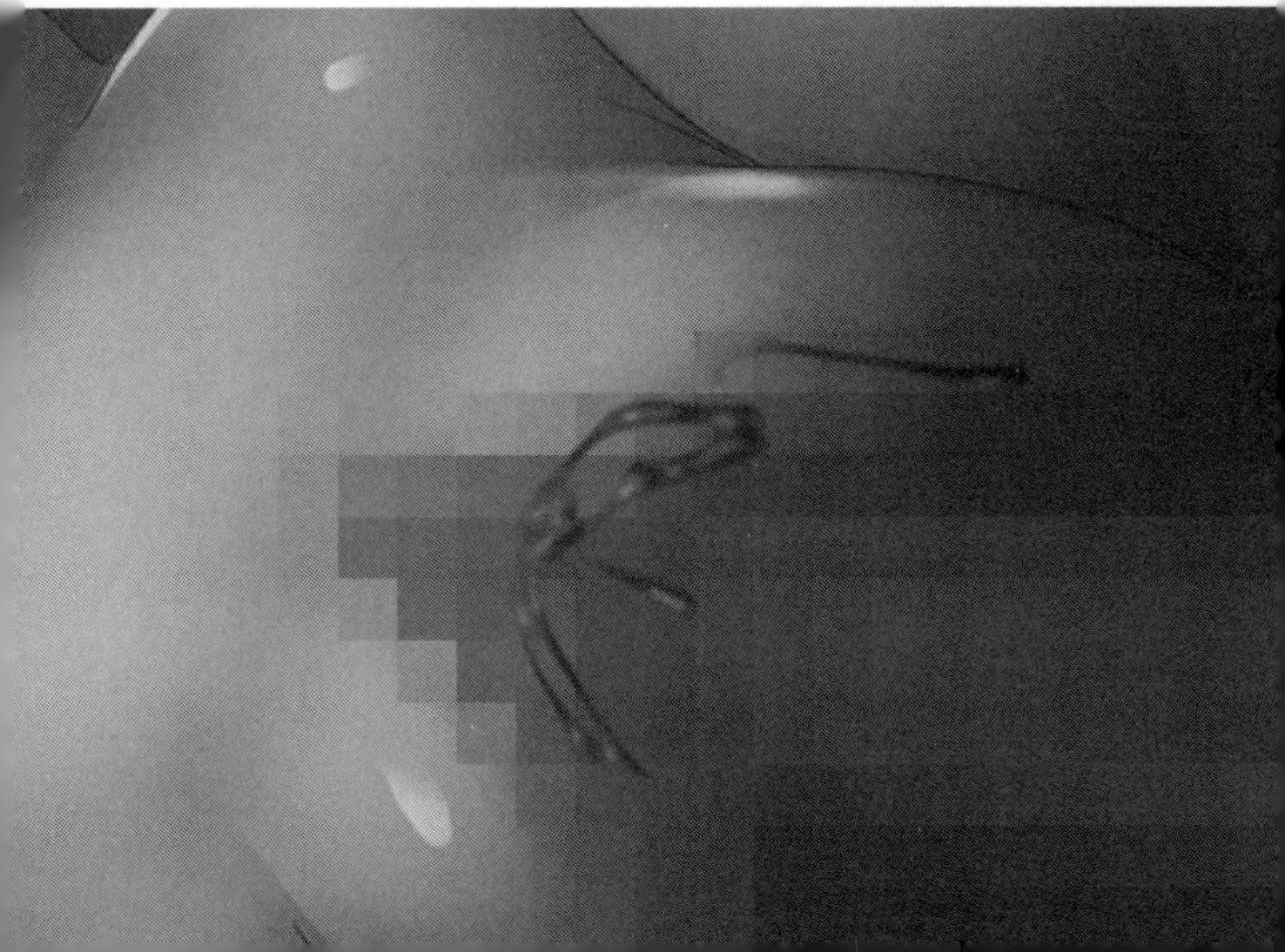

た……。少しでも気を抜けばこちらが先にいってしまいそうなくらいの名器だ。そこで俺は彼女に絶頂を意識させる言葉を選び、体だけでなく言葉でも責めることにした。

「気持ち……いぃ！！！　はぁ……んん、こんな……、の……、クセに……なっちゃいそうっ！！！！」

「さっきもバイブを尻に当てて、同じようなことを言っていたぞ？」

「ははぁ……！　いわない……で……ぇ!!」

演技ではなく心から恥ずかしがっているのが、膣の締まりで分かった。

恥ずかしい姿を見られることで興奮する、やはり真性のMだった。

「本当はもっと……言われたいんじゃ……ないの、か！」

言葉を区切りながら、リズムをつけて腰を

打ち付けていく。そのたびに、エーディトさんの口から同じリズムで、嬌声が返ってきて興奮する。

「あっ、そんなこ……んっ、と……、な……ッ、イッ、くぅ……！」

腰と腰がぶつかるパンパンという音に湿り気が混ざってきた。喘ぎ声も艶を帯びはじめている。

「あっ……ンンッ……、ハ……、ッ……、んん……、クルト……、クルトッ!!」

「なんだ、エーディト。もしかして、イキそうなんじゃないか？　かなり、濡れてきてる」

彼女は、否定してこなかった。むしろ快楽を高めて、一秒後にイってしまってもおかしくないくらい、膣内が激しく蠢動《しゅんどう》をはじめている。

「クルトっ、クルトぉ!!　このまま、出してえええぇ！　あたし、……のこと、愛してぇ！　んはははぁぁぁ！！！」

エーディトさんが甘い声でそう言ってくる。彼女なりに精一杯の言葉なのだろう。それに俺も精一杯の演技で返す。

「愛して欲しければ、もっと腰を使ったらどうだ？　これじゃ、いつまで経っても俺はイケないぞ」

もちろん嘘だ。イキたくて仕方ない。

それでも俺は、彼女のために悪役を演じる。

「ああっ……、クルト……、あた……し、……腰……もっと、つかうっ……からっ！　角も……もっと、虐めていいからっ！」

「なら、俺がイケるように腰を振ってみろ。もしかすると、イクかもしれないぞ？」

実際はこれ以上腰を使われたら暴発してしまいそうなくらい高まっている。

だが、ここは耐える。男として耐えなければいけない！

「うん……、うごく……ぅ、んんははぁぁぁ！！！」

「くっ……、いいぞ、エーディト。少しは……ましに……」

ましどころではない。もう、イキそうだ。

「だから、イッてぇぇ！！！　私の……おまんこ……でっ！　気持ち良く……、なって……んぁぁぁぁ！　じゃないと……、もう……我慢……できな……からあぁぁ！！！」

「仕方ない。ご褒美に……動いて……やるッ……！」

俺は最後の力を振り絞り、エーディトさんの奥まで届くように、深く、そして強く腰を打ち付けていった。

「強っ……いっぃいぃい！！！　奥……、当たって……、もう……イク……、いっちゃうよぅ……！！！　はううっ、熱い……っ、体中、凄く熱いよぉぉぉ！！！！」

彼女はのぼせたようにしながら、そう言っている。お互いに限界が近づいてくる。もう耐えていられない。

絶頂がくる……エーディトさんの膣肉が俺のペニスを抱きしめるかのように、何度も締め付けてきていた。

「いくうううっ、はぁ、あうううっ、んんぁあああああ」

「しょうがないヤツだ……。俺も出るっ……出すぞ」

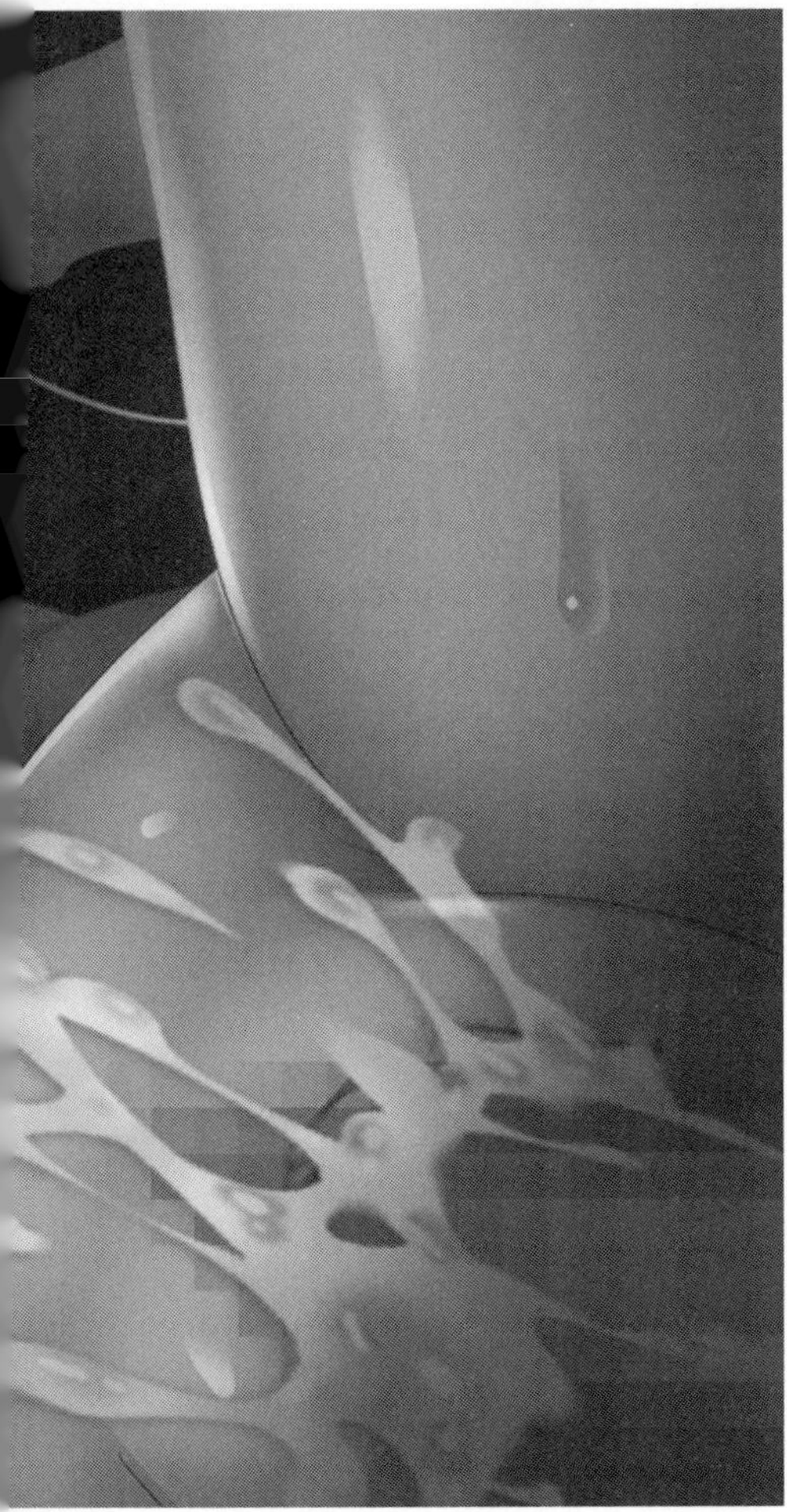

堪らなく幸せな時間だった。

自慰行為を覗き見しているときのお預け感。

別の誰かの演技をして、少女を責め続ける背徳感。

それも、この射精で終わりだ。以降はこの思い出が俺とエーディトさんが共有する「ふたりの秘密」になる。

だから最高の秘密にしよう。

エーディトさんは俺のことを見つめながら絶頂に昇っていく。

俺も彼女を見返しながら、昇ってくる射精感に任せつつ腰を叩きつける。

「イク……イックぅぅ……、はぁぁ……あぁあぁぁぁぁっ、…………ぁぁあぁぁあぁぁあ！！！！！　んんんんんんんんんんんんっ……!!」

「はぁッ!!」

最後のひと突きを合図に、俺の中から大量の精液がエーディトさんの膣内に流れ込んでいく。

「くぅぅぅ……んぁ……、はぁ、はぁ、出てる……あぁぁ……」

自分でも信じられない量の精液が放たれる。

「はぁ、はぁっ……エーディトさん……」

俺は思わず彼女を見つめながら、名前を呼んだ。彼女も、俺のほうを見つめている。

「はぁ、はぁ……っ、凄かった……あぁ」

処女だというのに、かなり感じていたように思う。

「痛くなかったですか……？」

「そんなに、痛くなかった。クルト、上手いんだなって思った」

上手いからといって、痛くないということはあるんだろうか。でもそういうことにしておきたい気もしていた……。

「これで、ふたりだけの秘密……できた」

「そうですね……」

「……口調……」

「そう、だな……」

「バイブ……、絶対に良いもの、作るから」

「ありがとう……」

優しく頭を撫でると、エーディトさんはくすぐったそうに身をよじった。

その途中で指が彼女の角に触れて、再び怪しい雰囲気にもなりかけたがさすがにこれ以上帰りが遅くなると、ビアンカを心配させてしまう。

「ビアンカ……、そうだ！　露店をビアンカに任せっぱなしだった！」

「それは……残念」

エーディトさんは名残惜しそうな表情を浮かべていたが、このまま二回戦に突入してしまうと何時になるか分かったもんじゃない……。

俺は後ろ髪を引かれる思いで工房を出ると、ビアンカが待つ露店に戻る。

よほど妙な顔をしていたんだろう、ビアンカも気がかりな顔をしていた。

「何か……あったんですか？」

「いや、バイブがそろそろ完成しそうなんだけど、本当に大丈夫かなって心配で」

「なんだ、そんなことですか！　大丈夫ですよ、ご主人様が作ったものなら絶対に流行《はや》りますって！」

少し後ろめたい気持ちがあったが、なんとか誤魔化すことに成功したようだ。そこからはふたりで露店の片づけを済ませて家まで戻る。

バイブはあと数日でかたちになる。あとは……売れるといいな……。

「ご主人様の考えた新しいアイテム。売れるといいですね？」

そんなことを考えていたらビアンカも同じことを思っていたらしい。なんだかその不思議な思考の同調がうれしかった。

3章　俺が開発した新商品で俺がイカされました

それから数日でエーディトさんからバイブが完成したとの報告が入った。その日はちょうど露店が休みの日だったこともあり、俺はビアンカを伴ってエーディトさんの工房へと向かうことにした。

「こんにちは。エーディトさん」

「こ、こんにちは……もう、できてる」

エーディトさんはいつもどおりだが、少し恥ずかしそうにしていた。

「……これが……なるほど」

ビアンカははじめて見るバイブに興味津々のようだった。

「一番内側は魔法石を入れて……それを金属で覆って、一番外側が木製……」

「凄い技術ですね……こんな曲線が出せるなんて」

と言いつつ、ビアンカとエーディトさんは恥ずかしそうだ。

そんなふたりを尻目に、俺はまず聞いておかねばならないことから消化していく。

「ところでこれほど精巧だと、手間もかかるでしょう？　大量生産は難しそうだと思いますが、そこはどうなんですか、エーディトさん？」

「たしかに……、一日五、六個が限界。慣れても十個ってところ……」

エーディトさんはうなずく。でも、俺はそれ以上の需要があると思っているから……。

「ということは高級志向でいくか……。いや、でも、多少安くしても売れたほうがいいよなぁ……。ビアンカはどう思う？」

「そうですね。私も最初は安く売ったほうが噂も広まると思います」

「うん……、まずは……使って……もらわないと、噂も広がらない……」

ビアンカの意見にエーディトさんもうなずいていた。

とりあえず、これを異世界に定着させないといけないということで、当初の予定よりも少し安めの値段に設定した。

すでに俺の作る物のファンはある程度いる。確実に売れるだろうとは見込んでいるが、それでも最初は緊張した。全然見向きされない可能性は常にあるのだから……。

しかし、予想に反して初回生産分は一瞬で売り切れてしまった。

その結果を踏まえて、今度は実際に少し高いかなと思えるような値段で売ることにしたが、それでも欲しがる人はあとを絶たなかった。

「というわけで、カタリーナさんもおひとつどうですか？」

「……私、テスターじゃなかったのかしら」

「親しき仲にも礼儀ありといいますから」

「何よその言葉は……。まあ、最初から買う予定だったからいただくけどね」

カタリーナさんも、俺のファンと言えばそうだろうと思う。

売り切れ続出のバイブだがカタリーナさんのぶんは別に取っておいた。それを悩むそぶりも見せずに買ってくれた。

「毎度、ありがとうございます」

「いい商売よね。こんなの、買うに決まってるでしょう……」

カタリーナさんはすっかり俺たちの作る物にはまってくれている。うれしいというのは本当だ。彼女みたいな、ファンがもっと増えてくれるといいな。

エーディトさんにも感謝しないといけない。こういうものを引き受けてくれて、しかもみんな満足する仕上がりになっている。

そしてビアンカにも……。

「おかえりなさい、ご主人様。カタリーナさんの反応はどうでしたか？」

「予想どおりよろこんでくれていたよ」

「それは良かったですねっ」

ビアンカはもう酒場では働いていない。収入がある程度あるから、ということだ。そう考えると、結構遠くまできた気がする。

「……ビアンカ。本当に良く頑張ってくれたな」

「何を言ってるんですかっ。全部ご主人様の力ですよ」

ビアンカは、何を言っても俺を立ててくれる。本当に、言葉にならないな。この気持ちをどうしたらいいか分からない。

「俺はもっと大商人になってみせるよ。ビアンカ、それまで傍にいてくれ」

「ええ。もちろん……私は貴方だけのメイドですから」

こうして俺たちの生活は少しずつ安定してきた。そうすると欲が出てくるものだ。せっかくだから店を構えたい。そんな商人としては真っ当な欲が――。

「……店がほしいよな。ビアンカ」

「そうですね。いまなら、お店を借りるくらいできるかもしれませんよ」

俺たちはそろそろ、次のステップに進もうとしていた――。

◆

その日はビアンカと一緒に街外れにある貸し店舗を見て回っていたが、その中のひとつが俺の目を引いた。大通りに並ぶ商店街からは外れるものの、かといって僻地とまではいかない微妙な立地だったが、売るものが売るものなので俺たちにはちょうど良かった。

「いい場所じゃないか。あんまり大通りで売るようなものでもないし」

「ええ。ここが一号店ってことになりますね」

「ああ。もちろん、上手くいったら俺ひとりでやっていくつもりもない。従業員を雇うことも考えておかなければな」

というか、もうエーディトさんとかは巻き込んでしまっているけど……。

こうして街の少し奥まった場所、俺たちはそこを拠点とすることになった。

「ふうっ。しかし……店を借りるというのも、大変だな」

「そうですね、掃除だけでも結構な仕事になってしまいますから」

「だけど、俺たちの未来のための投資だ。手間を惜しんでいられない。それから、開店は盛大にしたいな。前もって宣伝とかもしておきたい」

「ふふ。ご主人様、目が輝いてますよ。子供みたい」

「そ、そうか?」

なんて、話もしつつ……俺たちは、店を開ける準備を整えた。

宣伝方法もあれこれ考えた。

ティッシュ配りなんて方法が俺の生きていた世界ではあった。

でも、この世界では紙というのは貴重なものだ。

別の方法が必要だと思いついたのが、ローターを置いている宿屋で宣伝してもらうということだった。加えてこれまで露店にきてくれていた常連さんたちにも新たに店を開店する旨を伝えておく。

ある程度、人が来てくれなきゃ困るな……と思いつつ開店準備を進めていると、あっという間にその日はやってきた。

大盛況とまではいかずとも、結構人は集まってきてくれていた。

熱心なファン。男性が圧倒的に多いけど、女性も中に混じっていたのが不思議な光景だった。前世のエログッズ店ではありえない光景だ。

開店が朝の十時ごろ。それも三時を超えるころにはバイブを中心にあらかたの商品が売れてしまった。

「バイブはないのかい？」

「すみません、もう売り切れで……」

「そうか、残念だな。でも、賑わってるならうれしいよ」

常連さんたちが次々を顔を出しては商品を買っていってくれた。その気持ちが本当にうれしい。それでいてようやく大海原にこぎ出したという感じがする。

以前なら売り込むだけだったのが、店を構えてからは噂を聞きつけて遠方から買いにくるという人も出てきた。

店というのを持つのはいいことだった。いつでも売ることができて、しかも室内だから空いた時間にローターやお守りを作ることもできる。

開店の目玉商品として新たなグッズも用意した。中でも売れゆきが良かったのが媚薬。媚薬といっても薬だ。

誰にでも効果がある汎用媚薬は、用途に特化したそれと比較すると効果時間や効果深度が浅くなることも知った。それでも購入していく人はあとを絶たない。

そこで俺たちは「媚薬のオーダーメイド」というかたちで、使用用途に特化した仕事も請けることにした。もちろん違法な依頼は断ることにしているが。

そんなある日のこと……。

「不妊治療薬ですか……？　流石に、うちでは扱えないかも……」

「そう言わずに、一度作ってみてくれませんか？　打てる手はすべて試してみたものの、まったく効果がなかったので……。そこで街でも噂になってる貴方ならばとお願いに上がった次第なんです」

「噂……ですか？」

「ええ、曰く『エロのことなら彼に聞け』だとか『夜の生活のバイブル』だとか……」

「あはは……、ありがたい噂ですね……」

そう言ってくる依頼主の男性。名乗った姓は……ヘリング、というものだった。その苗字に引っかかりを覚える。どこかで聞いた気がするが……。そのとき唐突に昔の記憶がよみがえってきた。たしか――。

「失礼ですがヘリングさんというと……もしかして、あの貴族の？」

彼はうなずく。そして、俺はもう少したずねることにした。

「もしかして、アルマさんのお父さんでは？」

「ええ。アルマは私の娘ですが……、知り合いですか？」

「知り合いというほどの面識はありませんが、一度お目にかかったことがあります」

俺がまだランメルツ家にいたころ、一度屋敷で会っている。向こうは当主である父さんや、次期当主候補のエーミール兄さんのことは覚えていても、三男……しかも当時からお荷物扱いされていた俺のことなんて覚えてはいないだろうが……。

「ところで不妊治療というのはどういうことですか？　いえ、これは私の興味本位な質問になってしまうのですが、アルマさんがいらっしゃるのに、いまさら不妊治療が必要だとは思えないのですが……」

アルマさんは女性なので男の世継が欲しいということなのだろうか？

「あまり詳しくお話しすることでもないかもしれませんが、じつは私はアルマの実の父ではないのですよ」

返ってきた答えは予想以上に込み入った話だった。

どうやらアルマさんは、彼女の保有するスキル「軍隊指揮」が代々ハイエルフの貴族として軍を率いているヘリング家の目に留まって養女となったそうで、実際の娘ではないらしい。

もちろんそんな彼女をふたりは大切に育て愛しているとのことだったが、やはり夫婦なので実の子も授かりたいという思いがあるそうだ。それにこのままアルマさんを自分たちのエゴのために家に縛りつけておきたくもないと考えてもいるそうで――。

要約すると、そんな話だった。

「それで……、お受けしていただけますか？」

正直不妊治療は門外漢だし、媚薬でどうこうできる話でもなさそうだが、助けになるのだったら手伝いたい。しかもまったくの見ず知らずであればともかく、アルマさんは知らない仲でもなかった。「過度な期待はしないください」と付け加えて依頼を受けると、ヘリングさんは何度もありがとうを繰り返して店を出て行った。

「――私が留守をしている間にそんなことがあったんですね」

「そうなんだ……。でも、流石に薬学の知識はないからなぁ……」

前世はエログッズに興味を持つただの派遣社員だった俺に薬学の知識なんてない。いくらなんでも不妊治療の薬は作れないし、その成分も想像がつかなかった。当然ビアンカにもそういった知識はないらしい。

「この世界の一般的な不妊治療というのも知らないからな……」

「ご主人様のいた世界ではどんな薬があったんですか？」

「薬は良く知らないな。ただ不妊治療というと〝タイミング法〟っていうのがあったかな」

「タイミング法ですか？　聞いたこともない言葉ですね……なんですかそれは？」

「排卵に合わせてセックスをするという、ただそれだけの話なんだけど」

「やっぱりそんな話は聞いたことないですね……。でももしかすると、それでいけるかもしれませんよ。アルマさんのお父様に伝えてみたらどうですか？」

……そうか。そのくらいの知識もこの世界にはないのか。

あり得るかもしれない。そもそも医療がそこまで発達していないなら、統計なども取っていないのかもしれない。

俺のいた世界で常識となっている知識が、この世界では画期的な知識であることだってありえる……。もしかすると、意外と役立つのかも。

「そうだね……、三日後にもう一度来るといってたから、そのときにでも話してみるよ」

と、いうわけで三日後。俺は覚えている知識を寄せ集めて、ヘリングさんにできるアドバイスのすべてを伝えていった。

「野菜中心の食事はむしろ良くないと聞いたことがあります。摂取するべきはビタミンEとか、男性なら亜鉛とか……」

「びたみんいー？　それから、あえんというのは……？」

そこからか……。ただ概念さえ知っていればいいだけの話だ。とにかく何を食べたらいいか、俺の知っている範囲で全部試してもらうしかない。

「すだち、オリーブ、柚子……、あとはごま油なんかもビタミンEが豊富だと聞きます。亜鉛は……牡蠣とかレバーなどが思い浮かびますね。あまりそちらの知識には詳しくないのですが、これらを中心とした食生活を心がけてみてはいかがでしょうか？」

「なるほど……。それに妻の月経の周期を見て性交するのですね？」

「ええ。人間の場合は二十八日周期の人が多いので、生理の十日後から二十日後……つまり中間くらいがいいとされていますが、エルフの月経周期を知らないので……。おそらくは同様に生理と生理の中間あたりがちょうどいいかと思いますが、それに関してはなんとも」

「分かりました、試してみます。それにしても月経に周期があったとは……知りませんでした」

そんなことを言ってヘリングさんは店を去っていった。さすがに効果が出るかどうか分からないアドバイスでお金をもらうわけにはいかなかったので、成功報酬というかたちで奥さんが身ごもったときに報酬をもらうという約束になった。

それにしても、アルマさんか……。ここにきて、接点ができるとは思ってなかった。

しかもその驚きは、数日後にさらに大きな驚きに塗り替えられることになる。

ヘリングさんが来店してから数日後、その人は突然俺の前に現れた。

「えっ……、貴方は……たしか」

エルフ族の特徴である長い耳。そして亜麻色の美しい髪。悠久の時を生きるといわれているエルフ族の中でもさらに上位種といわれているハイエルフの貴族のお嬢様が、気まずそうで、恥ずかしそうな顔をしている。

まあ、ここがそういう店だからしかたないのだけれど……。

「……えっと……、クルトさんに……ビアンカさん、でしたかしら。お久しぶりですわね」

「はい。お久しぶりです、アルマさん」

「ど、どうしてここに！　それに俺の名前も……」

「以前お会いしているのだから知っていて当然ですわ。もちろんクルトさんのその後の噂も聞いております。ランメルツ家を追い出されてから、商人として暮らしているらしいですわね」

「え、ええ……。まあ……」

本当にどうしてここに来たんだろう。もしかすると彼女のお父さんが、何か言ったのだろうか？

「ところでクルトさん。このお店は、薬も扱うのでしょう。そこで私からお願いしたいことがありますの」

「は、はぁ……」

そうして、話を聞いていくと……どうやら、ちょっとした行き違いというか、親子揃って同じことを考えていたようだった。

「私の両親は、子供ができないことに悩んでいますの。私もなんとか、力になりたいとずっと思っていて……」

同じ話を二回聞かされているようなものだ。こんな偶然あるんだな。偶然というより、血は繋がってなくとも親子は親子ということなんだろう。

「アルマさん。じつはすでに貴方のお父様から同じ依頼を受けているんです」

「えっ？　そうですの」

久しぶりに話した彼女は、なんだかあまり変わっていなかった。エルフだから、ということもあるのかな。寿命が違うという点はあるか。

そこで俺はヘリングさんに伝えたアドバイスを、もう一度説明することになった。ヘリングさん同様、はじめて聞いた知識も多かったようで目を白黒させていたが、最後は納得して帰っていった。

ちなみに会話の中から分かったのだが、ハイエルフの月経周期も人間と同じ二十八日くらいだった。アルマさんは「詳細な周期は分からないけど、月に一度くらい」と言っていたので間違いないだろう。

こうしてヘリング親子が店を訪れてから半年が過ぎたころ、再びアルマさんが俺の店に顔をだしてくれた。

「いらっしゃいませ……ああ、アルマさん。お久しぶりです」

アルマさんの表情でなんとなく分かった。子供ができたんだな、と。俺に近づいて、彼女は手を取ってきた。

「本当にありがとう！　母が、子供を授かったそうですわっ！」

「そうでしたか。それは良かった……俺もアドバイスした甲斐がありました」

俺の知識がちゃんと役に立った。それはエロがどうこうという話ではなかったが、純粋にうれしい。

「クルトさんは……お医者さんになったほうがいいかもしれませんわね」

それはどうかな。流石にできない気がするけど、でもありがたがられているのは分かる。

「この恩はどう返したらいいか分かりませんわ。それでも何か、お返ししたいのですけど」

願ってもない話だ。渡りに船、というやつか。

「ご主人様、ここは……協力してもらったほうがいいと思います」

ビアンカがそう言う。俺も全く同じ気持ちだった。

「あの、アルマさん……俺がどんな商売をしているかは、知ってますよね」

あらためてアルマさんにたずねる。わざわざ俺を訪ねてきたくらいなので、知らないはずはないが。

「それは……その、そういう物を売られていると……知っていますわ」

アルマさんはそういうと陳列してあるバイブにチラッと視線を流し、顔を赤らめた。

「お願いというのはほかでもありません、良かったら、アルマさんに俺たちの商売を手伝ってほしいんです」

店を出してから半年。

俺たちは十分な利益を出すことに成功していた。

しかしそうなると今度は不安も出てくる。

俺たちには大商会のような資金力の裏打ちもなければ、貴族の後ろ盾もない。もちろん俺も元貴族ではあるが、残念ながらそのツテを頼ることはできない身だ。

そこでハイエルフ族で名高いヘリング家に後ろ盾になってもらおうというのが俺の狙いだった。はたしてアルマさんは乗ってくれるだろうか。いかに恩人とはいえ、そこまではしてくれないか……。

そう思っていたが、返ってきた答えは予想に反して好意的だった
「ええ。私が手伝えることなら、なんでもしますわ。父も同じ気持ちだと思います」

「そうですか……良かった」

こうして俺たちはこれ以上ないくらい強力な味方をつけた。

アルマさんは、いろいろな所に顔が利くようだった。俺たちが想像すらつかなかった店

や宿にもつてがあった。

物が物だけにおおっぴらには置けないけど、木賃宿のような一般的な宿や元から怪しい物を売っている店を中心に紹介もしてくれた。

そこから得た利益のうちいくらかは、俺たちに入ってくる。

「夢みたいだ……こんなに上手くいくなんて」

貴族の力を借りることができて、商売の規模が大きくなりつつある。ここからは、大量生産が必要になってくるだろうな。いまこそお世話になった人に、恩返しをするときなのかもしれない。

いままでと同じことを続けてるだけじゃだめだ。俺はあれこれ考えたあと、これからどうするか考えた。

そんなとき、アルマさんから信じられない言葉が飛び出してきた。

「そういえば最近商人たちの間で新しい素材の噂が広がっていますが、クルトさんはご存知かしら？」

「新しい材質……？　どんなものですか」

「樹脂……というものらしいですけど、なんでも柔らかくて壊れにくいのだとか。お母様の懐妊のお礼も兼ねて見本を持ってきましたので——」

「本当ですか！」

アルマさんが最後まで言い終わらないうちに、俺は思わず大きな声を出してしまっていた。樹脂というのは、あの樹脂だよな。だとしたら……。

「あの、どうかしましたか？　ご主人様」

バックヤードで休憩をしていたビアンカが驚いて顔を出してきた。

「樹脂だよ、樹脂！　なんてタイミングだ！　まるで俺のために発明されたようなものじゃないか！」

「ご主人様は、樹脂というものに詳しいんですか？」

ビアンカにたずねられ、俺はうなずく。詳しいどころか、元の世界では当たり前にあるものだった。加工技術はまだ発達していないだろうが、いや、ないからこそ知識がある俺は一歩リードしているとも言える。

「クルトさんは本当に商人になられたのですね……。クルトさんと同じく、目利きの商人たちの中では樹脂を使って新たな発明を試みる流れがありますわ」

「もちろんそうでしょうね。樹脂がなければ発明できないものが山ほどある。俺はまずオナホを作ってみようと思ってます」

その製造は、誰にどう頼もう……なんて、もう決まってる。エーディトさん以外にない。

俺はアルマさんから情報を聞くや否や、すぐにエーディトさんの工房に走り出していた。俺に見せるためにアルマさんが樹脂の見本を持っていたのも幸いした。こういうとき、貴族と繋がりがあるのは強い。

アルマさんに見本をもらい工房に赴くと、さっそくエーディトさんに見てもらった。

「樹脂。確かに、面白い素材……。扱ったことない……」

そういいつつも、エーディトさんは新しい素材に夢中になっているようだった。視線がまったく俺に向いていない。そこからしばらくして、ようやく顔を上げたかと思えば、ニヤッと笑いながらこういった。

「それで……今度は、どんなものを作ればいいの？」

「それは、ちょっと言いづらいんですが……いや、言わせてもらいます。オナホ、って言うんですけど、そうだな。どう説明したらいいだろう」

俺は言葉を選びながら、それでもオナホというものが何か、どう使うかを説明していった。エーディトさんは赤くなっていたけど、以前ほどじゃない。作ってくれそうだ。

「分かった……あたしの知り合いにも、樹脂のこと、いろいろ教えてもらう」


そこからまた、いくらかの昼と夜が過ぎる。

その間も、バイブやローター、媚薬なんかの売り上げは一定量ある。それどころか、アルマさんのツテで拡大した販売網によって、ファンはどんどん増える一方だった。

そして――この試験がうまくいけば、さらに新たな商品がラインナップに加わるはずだ。

「とはいっても……、流石にちょっと怖いな」

俺の目の前には、エーディトさんが作ってくれたオナホ。デリケートな部分を任せるだけに「もし怪我でもしたら……」と考えてしまう。きっとローターを使ったビアンカも、バイブを自分のお尻で試したエーディトさんも、最初は同じような心境だったのだろう。

自分の身を実験台にするのは、いまさら怖がってもしかたない。

「くっ……」

エーディトさんなりに、工夫もしているのが分かる。完成度はかなり高かった。つまり……気持ちが良い！

「……エーディトさん、やるな……」

そこから「もっと緩く」とか、あるいは「狭めるところは狭めて」など、個人的に感じた修正個所をエーディトさんに伝えて改良を重ねていった結果、ようやく俺が売りたかったオナホが完成した。

そして、程なくしてオナホ販売の日がやってきた。

大々的に宣伝も打ったからか、発売初日はかなりの人がやってきて、店の手伝いに来てくれたアルマさんとカタリーナさんも忙しなく動き回っている。

元々男性客は多かったが、今日はほぼ男性客といった内容だ。

しかも想像していたよりずっと売れゆきがいい。

「これじゃすぐ売り切れだ……。この店だけじゃもったいないな……。アルマさんはどう思いますか？」

「同意見ですわ。以前紹介しました宿やお店にも置いてもらったらどうでしょう。カタリーナさんは何か意見はありまして？」

「そうね……。そろそろ二号店を出してみたらどうかしら？」

「二号店か……」

考えていなかったわけじゃない。いまの店の立地を考えると、たしかにそれはありだ。いままではわざわざ都会からこんな田舎街にまで俺の商品を買いに来てくれる常連さんもいるくらいだ。それなら都会に二号店を作るのは商売的にもお客さん視点でもありだろう。それでも、俺は踏ん切りがつかないでいた。

「あともうひとつ、今日の賑わいと在庫の管理を見比べてあらためて思ったこともあるわ。クルトさんって経営者のがらじゃないわね」

したり顔でのカタリーナさんのツッコミに、アルマさんがくすくす笑っている。

なんだか最近、俺の店がみんなのたまり場になってるみたいだった。

「でも、二号店を作るのは賛成ですわ。クルトさんは、まだ落ち着くには早いですわよ」

「そうなんだろうな。誰も真似できない商売だしな」

オナホや媚薬はともかくとして、ローターやバイブは俺のスキルなしじゃ似たものは作れても、ここまでのものは作れない。そしてオナホや媚薬も、この規模でやっていこうというのは、そう簡単にできることじゃなかった。

「しかし従業員を雇うとなると、プレッシャーだよ」

単なる商人というより、経営者としての責務も負うことになる。できるだろうか。考えている間にもお客さんはやってきて、二号店を出さないのかという話をしてくる。

「ここって、結構遠いんだよな。もっと都会に店を出すつもりはないのか」

「ええ、そうですね……」

そのひとことが迷っていた俺の心を揺さぶる……。

そうだよな、こうなったら、やるしかないな。

こうして俺は二号店の出店を決意したのだ。

◆

決意をしてもすぐに二号店が立つわけではない。

都会の地理にも疎い。そこで俺とビアンカはアルマさんという道先案内人を伴って候補地を見て回ることになった。

そういえば一号店はビアンカと一緒に見て回ったんだよな……。まだ一年も経っていないというのに、かなり昔のことに思えてしまう。

「それにしてもまさか俺がこんな立場になるなんて……思ってもみませんでした」

いままで、どこか理解しているようでしていなかったこと。つまり、経営者になるということは、どこか遠い世界の話だと思っていた。エーディトさんやカタリーナさんに手伝ってもらっている時点で、なんとなく理解はしていたつもりだけど……。

どこかで覚悟が足りなかったのを思い知らされる。ついに、人を雇おうとしている。対等な立場で依頼をするというのとはまた違う。

「アルマさんみたいに……貴族なら、人の上に立つ気持ちが分かりますか？」

「貴方も、貴族だったと思うのですけれど？」

「う……」

それを言われるとなんとも。貴族として生きていた自覚もなかったということだ。

「でも、いまなら分かります。俺は、ひとりじゃないんだって」

「そうですけれど、良いことだけではありませんわよ」

貴族という立場からのアドバイスなのだろう。俺はしっかり受け止める。

そんな会話をしつつも、アルマさんと一緒に二号店の予定地を見て回る。

都会とは言っても、やはり大通りに面しているようなところに出せる店じゃない。

少し奥まった場所。それでいて、面白い物を売っていると分かれば人が来てくれそうな場所がベストだ。

三件目でその物件は見つかった。大通りからは外れていて、人の流れはそこそこの裏路地にぽつんとある一軒家。外観も悪くなかった。

「……ここがいいんじゃないかな。ビアンカは、どう思う？」

「ええ、私も同じ意見です。でも、店を出すと決まれば人も雇わないといけません。店主を誰にするか、という問題もありますし」

「そうだな……カタリーナさんとかは頼めばしてくれそうだけど、女の人だしなぁ……」

休日が恋しい、という感覚が久しぶりにあった。

思えば、こういう気持ちを得るためには、ちゃんと働いている必要がある。

「そのうち、他人の休日も扱うようになるんだよな……」

それだけじゃない。儲けたぶんのどれだけを給料にするか、とか。

一般的にこの世界は時給がどれくらいかとかいう概念がないのだ。しかも、そういうものが明示されてないどころか、統計すら取られてない。

働いた結果、オーナーがその働きに見合った金銭を譲渡する。それでこの世界の仕事は成り立っていた。だったら賃金は気にしなくていいのかというと、そうでもないのがこの世界の難しいところだ。

やはりしっかりお給料を出さないと人は集まらないし、不真面目に働かれても困る。

かといって、うちも余裕があるわけじゃないし……。

考えると、ぞわっとする。何か叫び出したいような感覚だ。

「なんだか、責任重大だな」

「そうですね。でも、ご主人様なら大丈夫です」

こういうときも、ひとりじゃないというのがありがたかった。

ビアンカやカタリーナさん、エーディトさん、そしてアルマさんまで手伝ってくれるようになった。愛しい日々が過ぎる。本当にめまぐるしくて、気を抜いたら置いて行かれそうなぐらいだった。

懸案だった二号店の店主もようやく決まった。彼は俺の店の常連客のひとりで、二号店の話を聞いて立候補してきた男だった。のれん分け、というのはこういうかたちが多いかもしれない。好きじゃないものは売れないだろうが、常連客であった彼にはその心配がいらなかったというのも大きい。

給料については迷いに迷ったあげく、ビアンカがメイド時代にもらっていたという給料よりも少し高めに設定した。それだけ上り調子であるということもあるけど、金銭面で揉めた挙げ句辞められて店を続けられなくなるリスクよりも、多少出費が嵩んでも気持ち良く働いてもらうほうを取ることにした。

「それじゃ、いよいよオープンだ」

二号店がオープンするというその日も、お客さんが集まってくれていた。もちろん物が物だから、珍しいだけでは人は集まってこないけど、逆に冷やかしも少なかった。確実に興味がある人が、こそこそとやってくる場所。それが俺の店だった。

経営のコツはずばり、利益の動向を見落とさない、というのを聞いたことがある。

もちろん俺はかつての世界で経営者を目指してたわけじゃないし、本当に聞きかじりの知識だけど、数字と向き合う時間はこれまでよりも多くなりそうだ。

どれが売れるか、どの時間帯に売れるか、どっちの店で売れるか……。

夜が近づくほどに売り上げが伸びるのも、不思議な感じだった。

俺ひとりじゃ元から回らないところだったので、普段構えている店にも店員さんを雇った。

気づけば、俺は経営者になっていた。というより、なるしかなかったと言えばいいのかな。いや、ここは言い切ってしまったほうがいい。

異世界で俺は、経営者になる。それもトップだ、誰も俺に指図なんてさせない。

エロ経営のトップ。いいじゃないか、俺にふさわしい肩書きに思えてきた。

閉店間際の時間帯。遠くに、人影が見えた。暗くて顔が良く見えなかったけど、どこかで見たような顔だった。というか、あの特徴的な服装は見覚えがある。

そう思いながら店番をしているとその人影は俺の店の前で止まり入店してきた。

「久しぶり。頑張っているみたいだね」

「あ……ユイカさん」

ユイカさんだ。まさか、彼女のほうから来るとは思ってなかったので驚いた。

「元気そうで何より。働きすぎていないか不安だったけど、その顔色を見ると自分のペースでやれているようだ」

「お久しぶりです。エーディトさんを紹介してもらって以来ですね」

「ああ、うん。そうだね」

商会を束ねる商人、ユイカ・ヒナミヤさん。彼女から来てくれたということは、俺の仕事っぷりが目にとまったと考えていいんだろうか。

「君の噂は聞いてるよ。商人であり、発明家なんだね」

その言葉からはユイカさんが、俺になんの用事があるのか掴めない。

「どの商品もこの世界のものじゃないみたいなアイデアだ。どこからそんな発想が出てくるのか、頭の中を覗いてみたいよ」

彼女は結構正解に近いことを言ってくる。俺は単に元の世界にいたころの知識を使っているだけだったが、この世界のものじゃないと言えば、そうだ。

「そうですね……この際だから、全部説明しても……」

「説明？　なんの話だい」

「ええ、実は」

俺はそこで、前世についてユイカさんに話してしまうことにした。別の世界の記憶があること。そしてその知識があるということ。ビアンカのほかには、カタリーナさん、エーディトさん、そしてアルマさんには話してあった。ユイカさんで4人目だ。

「……へえ」

ユイカさんは疑うでもなく、ちゃんと相づちを打って聞いてくれた。

「ますます面白いよ。この国ではあまり信じられていないようだけど、輪廻転生という言葉があってね」

「……分かります。死んで天国や地獄には行かないという発想ですよね」

ユイカさんはいかにも俺たちとは別の国の出身って感じだ。

「まあ私も皆も、そこまで信心深くないけどね」

まるで日本みたいだ。というか、この世界の日本みたいなものか？

「君の話は興味深いね。それを言われたら、すべて辻褄が合うと思ってしまうな」

ユイカさんは好奇心旺盛らしかった。俺の話に思った以上に食いついてくれた。

「すみません、俺ばっかり話して。ユイカさん、何か用事だったんですよね」

「うん、そうだね。話がそれてしまったけど……君の商品を、異国で売りたくはないかい」

「それは、どういう……」

俺は良く分からずに、聞き返してしまった。ユイカさんは不敵に微笑んでいる。

「前から言っていただろ？　私と手を組まないかってことさ。ここで私と組んでおいて、君に損はないと思うよ」

「……いいんですか。俺みたいな、駆け出しの商人に」

ユイカさんは首を横に振る。キャリアは関係ないということか。

「もちろん。むしろ、駆け出しだからこそ応援したい」

この日、ユイカさんはわざわざ俺を誘うために店に来てくれたのだった……。大商会を束ねる身としては俺なんかと比べ物にならないくらい多忙なはずだ。それでもわざわざ足を運んでくれたことがうれしかった。

俺はふたつ返事で承諾すると、俺のいた世界の儀式のひとつ「握手」でお互いの健闘と発展を誓い合っていた――。


「……ということが、あったんですよ」

「へえ。私も知ってますわよ、ユイカさん。彼女は、相当腕利きですわ」

「アルマさんがそういうのだったら、本当にそうなんでしょうね……。対等にやり合える自信がないなぁ……」

「何を言ってるんですか。ご主人様、不安がることはないですよ」

確かに、何もかも上り調子だ。俺は不安がることはないといえば、そうなんだろう。でも、彼女は本当に独特なんだよな。威圧されているとまでいかなくても変に緊張してしまう感じがある。俺が勝手にそうなってるのかな。

「それで、獣人向けのグッズを作らないかって言われたんだ。彼女の国には獣人が多いらしくてさ」

「獣人……というと、私もそうですけどね」

「獣人にしかない性感帯って、あるのか？」

「そうですね。尻尾……とかでしょうか……」

ビアンカはアルマさんがいるのもあって、恥ずかしそうにしている。この場で聞かなくても良かったか――。まあ聞いてしまったものは仕方ない。せっかくなのでアルマさんにも俺の考えを聞いてもらおう。

「そうなのか？　それなら、尻尾につけるローターとか、いいかもしれないな」

「尻尾にもいろいろありますわよ？　それぞれの形に合う……ここが課題になりそうですわね」

アルマさんも一緒になって会議がはじまった。

それから主にビアンカの意見を取り入れながら、俺たちはユイカさんに頼まれた獣人向けのエロ商品の開発を進めていった。

一方で、ユイカさんは忙しい中、わざわざ俺のために時間を取ってくれるようになった。おかげで商人として、そしてひとりの人間としても興味深い話をいろいろ聞くことができる。さすがに腕利きの経営者というだけあって、目の付け所が俺とは違う。

ユイカさんは、これから役人なんかに取り締まれる可能性なども示唆していた。それを聞いて経営というのはそういうところにも目を向けなきゃいけないんだ、と思いつつも、いまは行けるところまで突っ走ろうと思っていた。

まずはユイカさんに頼まれた商品を作っていかなきゃいけない。

役人の目は二の次だ。

そんなこんなで完成したのが、SサイズからLサイズまで取り揃えた獣人用のリング状ローター。尻尾につけることで、延々震えてくれるという代物だ。

ビアンカは、ちゃんと気持ち良いと言ってくれたが……はたしてユイカさんは満足してくれるのだろうか。そんなことを考えていると――。

「やあ。夜遅くまでご苦労様」

「あ、ユイカさん……こんな夜中に、どうされたんですか」

「いやぁ、先日頼んだ商品はどうかなと思ってね」

「もう作りましたよ。これなんですけど」

「ほう、もう完成したのか」

ユイカさんは俺が取り出したリング状のローターを見て、興味深そうにしている。

「ただ、獣人に知り合いが少なくて……まだビアンカ以外で試せてないんです」

「面白いものを考えるね。どうだ、……私で試してみないかい？」

ユイカさんはとんでもないことを言いだした。

「そ、そんな。恐れ多い！」

「恐れ多いってことはないだろう。私も君も経営者同士、対等なはずだ」

俺がそう思ってないのを知って、彼女は言ってるんだろう。

「この近くに宿を取ってるんだ。そこで試すのはどうだろうか？」

「で、でも……」

ユイカさんに手を引かれたわけじゃない。でも、断れなかった。

つまり俺は奥で締めの作業をしていたビアンカに外出する旨を伝えて、ユイカさんについていくことになった。

目的の宿はユイカさんが言っていたように俺の店から数分のところにある、ごくふつうの店構えだった。大商人が宿泊する宿なのだからもっと豪勢なものを想像していたが、ユイカさん曰く「無駄な金を使うのは商人の恥」だそうだ……。

しかし一歩中に足を踏み入れると、思わず目を見張ってしまった。たしかに外観はふつうだったが、中身が違っていた。従業員の態度もしっかりとしている。

「どうだい、なかなかのものだろう。手ごろな値段で良質なサービス。これが商売というものだよ」

「ええ……。勉強になります」

そんな会話を交わしながら、俺たちは彼女の取った部屋へと入る。

ベッドと机があるくらいの簡素な作りだったが、それでもなんというか品を感じる佇まいで、悪い気持ちはしない。

興味本位で俺が部屋を見回していると、彼女は待ちきれないといった感じで本題を切り出してきた。

「尻尾用のローターよりも先に試したい物があるんだ。この、オナホというものだけど」

「それ……買ったんですか」

ユイカさんはうなずく。そして、こう言ってきた。

「本当に男の人が気持ち良くなるのか、気になっていてね」

その目は何か、獲物を見る獣のような目つきに見えた。もしかすると俺は、野獣の檻に自ら足を踏み入れてしまったのではないのか……？

「そ、そりゃ……気持ち良くはなると思いますけど、俺で試すんですか」

なんて思いつつも、俺はこう答えた。ユイカさんは挑戦的な瞳のままだ。戸惑っている俺を尻目に、唾液をオナホに垂らしはじめている。

「こうすると、滑りが良くなるらしいけど……本当かな。ほら、何をぼさっと立っているんだ。早くズボンを脱いでベッドに座れ」

「は、はい……」

不思議なことに、俺は彼女の言葉に従っていた。これが大商会の長を務めるカリスマ力なのだろうか。気がつけば俺のペニスにはいままさにオナホが被されようとしていた。

「そうだ……私もこれを付けなければはじまらないな。尻尾用のローターだったか。どうせなら、一緒に気持ち良くなりたいんだけど、どうかな」

「そんなこと、言われても……」

返事ができない。そうしたい、と言うのもなんだかおこがましい。ユイカさんがしたいのなら、止めることはできないけど、俺はもう何も言えなかった。彼女、こんなことをする人なんだな。

痴女とかそういうことじゃないんだろう。俺に好意を寄せてくれている。その気配は、ここ数回の会合で感じるところでもあったけど……。

ブルルル……。

ユイカさんが、リング状のローターを尻尾につけスイッチを入れていた。その瞬間、彼女の声色が変化した。

「これは……っ、想像以上に、いいっ、ふうぁぁ、あううぅ」

声だけでなく、さっきまで凛とした佇まいでどこか余裕のある態度も、リング状のローターを着用してからはどこか落ち着きがなく身をよじらせる。

いやらしい……。

俺なんか手の届かないような人が、俺の作った物で感じてくれている。その事実がいいようもなく興奮した。

しかし責められるのは彼女だけではなかった――。

「そ、それじゃ……君にも、気持ち良くなってもらおうかな……。と、なんだ君も興奮しているんじゃないか。何もしていない……のに、こんなにギンギンに勃起させて……っ」

そう言って、俺が作ったオナホでペニスをしごきはじめる。

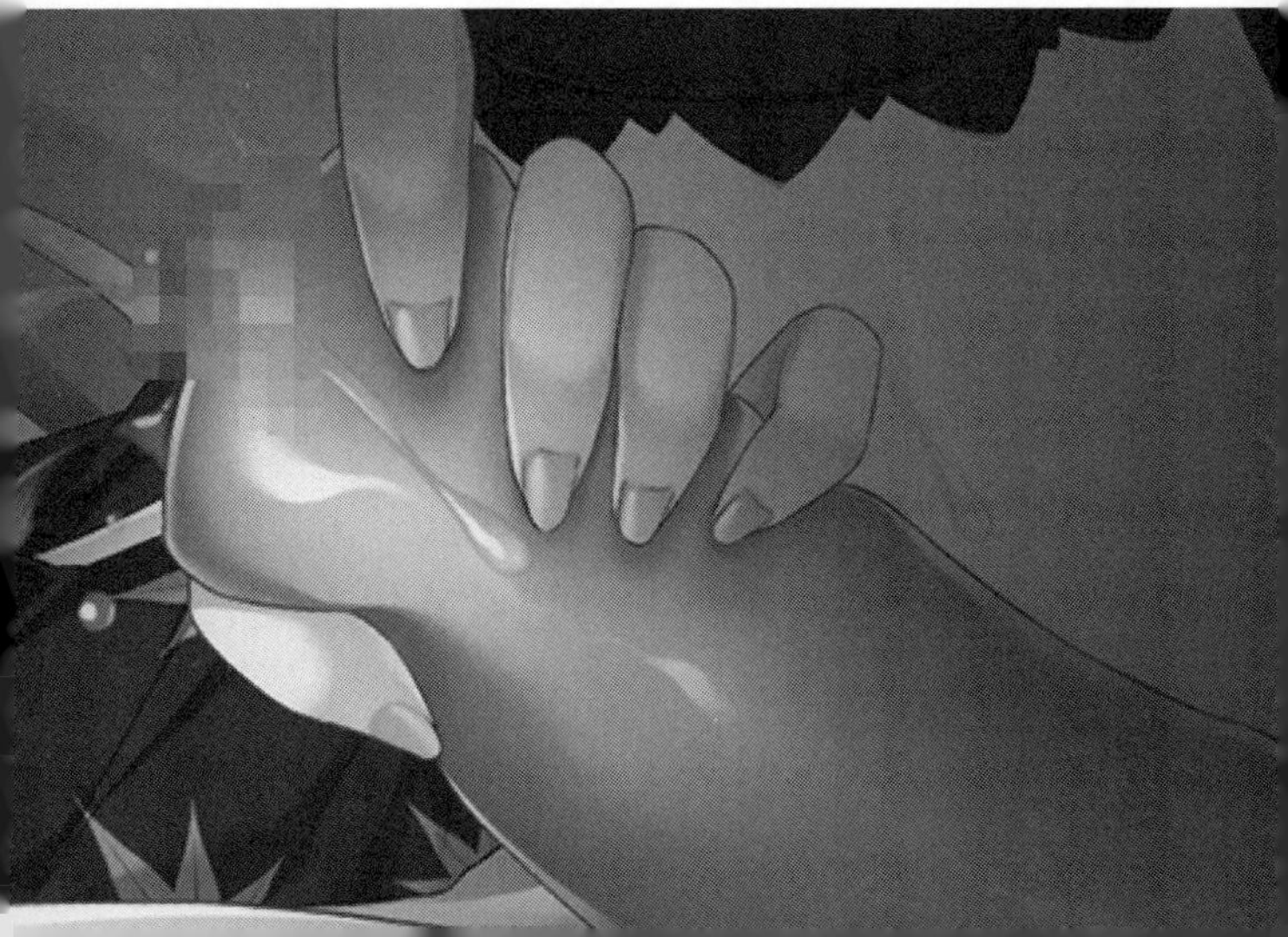

「くっ……、はあっ、あぁ……っ」

その快楽に思わず声を上げてしまっていた。

「どうか……な。クルトも、気持ち良い……かい？」

先ほどまでは「君」と呼んでいたのに、いまでは俺のことを名前で呼んでくる。その口調には親愛が込められている気がした。

「くっ……は、はい」

まだ数分も経っていないのに早くも反応が止められない。なんとか答えを返すことができたが、肝心の声が震えてしまったので俺がかなり感じてしまっていることがユイカさんに伝わってしまった。

「ふふ……、良い反応だ。私も、欲情して……しまうっ。クルトの匂い……が、する」

オナホコキをしながら、彼女自身も感じてくれている。

本当にこんなことしていいのかって感じだ。彼女のいやらしい表情を見ていることに、罪悪感を覚える。でも、これはユイカさんが求めたことだ。

ユイカさんはオナホを左手で動かしながらも、尻尾を執拗に刺激するローターに感じているようだった。

「あぁ、凄くいいいっ……尻尾を責められてるだけで、堪らない。はあんっ、はぁ……あううっ。んんっ、ふうっ。はぁあ……」

「ゆ……ユイカさん……！　もっと……ゆっくりっ……はっ……くっ！」

声を聞いているだけで堪らない気持ちになってくるのに、断続的に下半身を責めてくるオナホが相まってすぐにでもイッてしまいそうだ。

このまま、俺も気持ち良くなりたい。本心からそう思った。

ユイカさんもそんな俺の望みを叶えるよう、嬌声を上げながらオナホを激しくシゴく。

「あううっ。ふうっ……はぁ、はぁ、あううっ！　尻尾……感じ……すぎ、てっ‼　こ……、こういう、ものが……君が元いた世界に……あったのだな」

俺は首を横に振る。そして、こう返した。

「俺のいた世界には、獣人はいませんでした」

「ふふ……、じゃあ……、私のために……んんっ！　作ってくれ……あははぁ！！！」

部屋中に獣人が放つ独特の匂いもしてくる。

彼女は俺をシゴキながらもあそこを湿らせているに違いない……。想像してしまうと、余計に耐えていられない。ありとあらゆるものが、俺の欲望を刺激している。

そして、その一番の急所を握っているのは、紛れもなくユイカさんだった。

逆もまた然り。彼女の弱い部分を責めているのも、また俺と言えなくもなかった。

セックスよりも濃厚な愛撫。

俺はいま、誰もが羨む絶世の美女を、俺の作った道具でイカせようとしている――。

そう思うだけで、下半身から興奮が競りあがってしまう。

「はぁ……あぁぁっ！！！　尻尾だけで、イってしまいそうだ……はううぅ」

獣人にとって、尻尾は本当に敏感なところのようだ。もしかすると俺と同じく、目の前の相手を責めている事実にも興奮しているのかもしれない。

「クルト……正直に言おう、私は君の発想に惚れ込んでる。もっと君のことを知りたい」

殺し文句を言ってくる。単に、俺を好きだというより心に刺さった。

俺にとって、一番の武器を褒められている。ユイカさんは男心というのを分かっている気がした。だけど、それだけにちょっと不安になる。

「ほかの男の人にも……、こうやって、……ぐっ！　近づいて……るんですか」

「野暮なことを……んんっ……、してない……ぞ……っ。こんなことを言ったのは……、クルトが……はじめ……てっ……んんんっっ、はぁんっっっっっ！」

嘘をつくタイプの人には見えない。そりゃもちろん、大商人なのだから聞こえのいい言い方とかに関してはプロだろうけど……。

「はぁっ……それなら、素直に褒め言葉として受け取っておきます‼」

「あううっ……くうっ、ふうっ。はぁ、はぁ」

俺の返しに喘ぎ声しかあげられなくなっているユイカさん。もう絶頂が近いのだろう。少しずつ激しくなってきた手の動きが「一緒にいこう」と暗に語りかけてくる。

我慢汁で滑る。それがまた、強い快楽に変わる。

俺のことを責め続けるユイカさん。欲情を続けている。

俺を刺激すると同時に、ユイカさんもまた追い詰められていた。

「んんんっ……くうっ、はぁ、はううううっ。はあぁ……クル……ト……！」

喘ぎ声が段々強くなってくる。ふたりで高まっていく。

このままではイカされる……。かといって、ユイカさんより先にイクわけにもいかない。

「クルト……の、まだ、おっきくなって、る……ぅ！　ふ、ふくらん……で、る……んぅ！」

オナホ越しでも伝わるほど膨張したペニスは、もう限界を迎えていた。男の射精というのは、耐えようと思って耐えられる物じゃない……。できれば彼女をイカせてから果てたかったが……！

「ユイカさん……、俺……もうっ！」

「ふううっ、はぁ、あうううっ。んんんんっ、ぁあああ、イク……の、か」

「は、い……。我慢……できなくて……！！」

その瞬間、ユイカさんがさらに激しくオナホを動かす。グチョグチョという音がやけに大きく聞こえて、恥ずかしくなってしまっていた。

しかし、ユイカさんも似たような心境かもしれない。

「わたし……も。はぁ、っ……はしたない顔を、見られている……あああぁぁ！！！」

お互いの羞恥心《しゅうちしん》が絶頂を促がす！

「ううぅぁあああっ、はああああああああぁ、あうううぅぅう！！！　わ、わたしも、もう……、駄目、かも……んははははぁぁ！！！」

彼女はかなり欲望をたぎらせている。目に涙を浮かべている。

「イッてください！　俺の作った……、俺のローターで……、イッてしまって……、俺も、もう……っ、はあっ」

何度もしごかれて、俺は苦しい気持ちになってくる。

射精したい。もうすぐにでも、出したい！

ユイカさんの視線も、すでに空中を彷徨《さまよ》いだしていた。

「イキそうっ……はぁ、もう、駄目だっ！　イク……イッてしまうっ！！！　ふうううっ……もう、出してくれ……はあああぁ、私……、もう……っ!!」

「俺も、出ますっ！　ユイカさんっ、ユイカさんっ！！！！」

「クルト……クル……ト、……ん、んんん――――――――！！！！！！！」

目の前がチカチカするくらいの刺激が走る。

体中を電撃のように、快楽が駆け巡っていく！

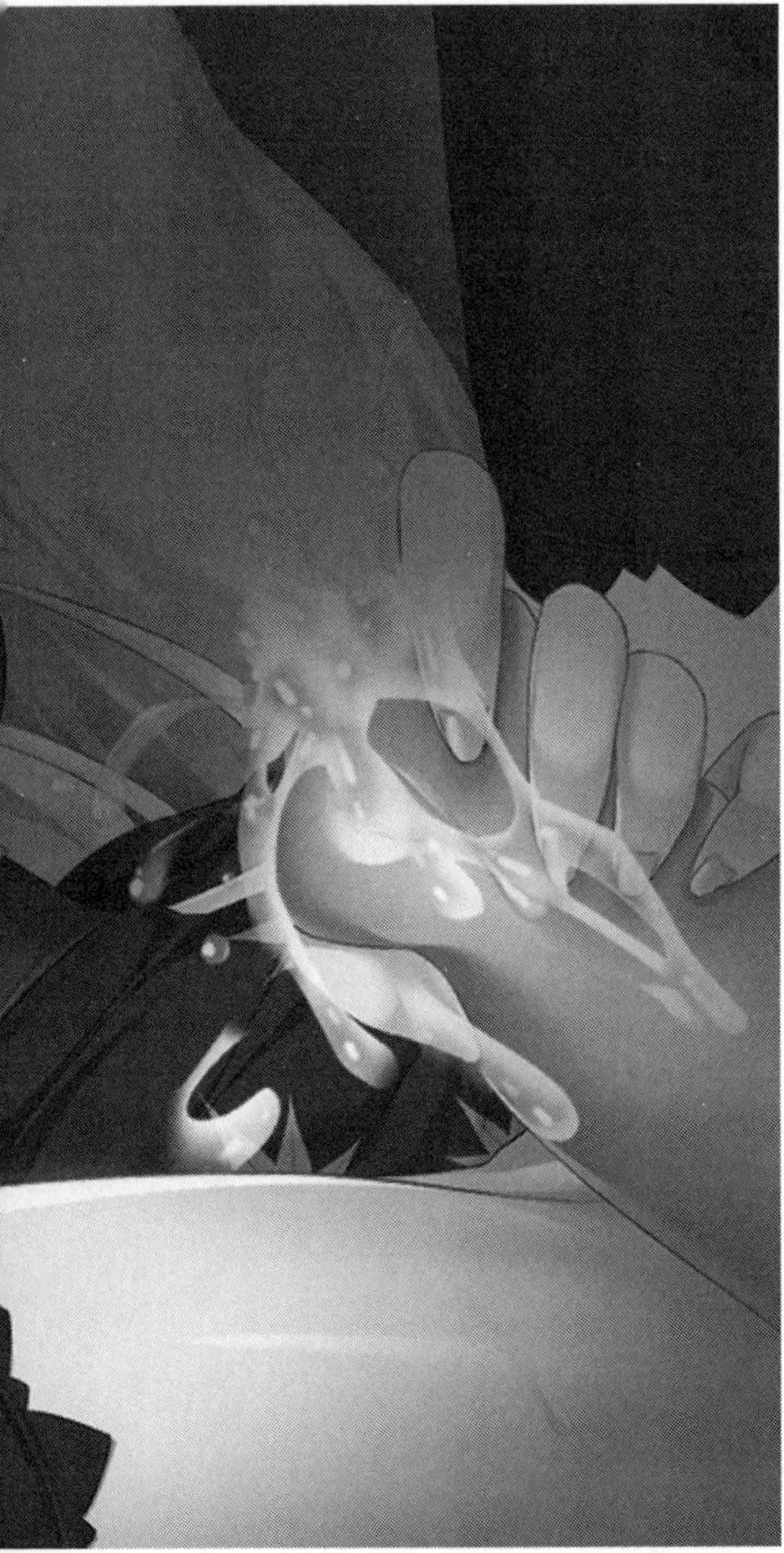

「ふうぁああああああっ、ぁあああああああああああああああああ！！！！」

「クッ……はぁ……ああああぁ！」

ユイカさんの絶頂に合わせてオナホが宙に舞い、塞き止められていた精液が彼女の体に飛び散っていく。

俺の発した青臭い匂いとユイカさんの香りが混ざり合う。

「んんんんんっ……はぁ、はぁ。気持ち良かった……あぁ……。堪らない……これほどとは、思わなかったよ、はぁ、んんっ」

「お、俺も……はぁはぁ……。最高、でした……」

「ふうっ。まだ、震えてる……余韻が、長いよ」

そういってユイカさんは俺の目を覗き込んでくる。

その目は、いまだに欲情を訴えていた。

ベッドの上でユイカさんと視線があっている。俺はそらすことができなかった。

「クルト……、ここからはただの独り言だ。聞き流してくれて構わない……」

「ユイカ……さん？」

「じつは私には許婚がいるのだ。ただ……許婚のことは、好きでもなんでもない。いわば商会の発展ための婚姻だ……。私は特段そのことに不満を持っているわけではない。この世界では良くある話だからな」

「許婚ですか……」

俺も元貴族ということもあり、政略結婚というのがあるのは知っていた。

そして政略結婚が悪いとも思わない。家を残すため、発展させるため、力を得るため、さまざまな理由はあるが、この世界ではそれが当然のことだった。

「ただな……。その許婚に処女を捧げたいとは思わない。だから、クルト……」

そう言って、ユイカさんは潤んだ瞳で俺を見つめてきては――。

「どうか、私の初めてをもらってほしい。それが私のせめてもの抵抗だ」

「……いいんですか？」

ダメですと断れなかった。

咄嗟に出た肯定とも取れる返事に、俺自身もユイカさんとひとつになりたいと思ってしまっていると気づかされた。

「いいに決まってる。クルトにならと……と、思っているのだよ」

ユイカさんはそう言って、すこし微笑んだ。

彼女の処女をもらう。なんだか、実感が湧かない話だった。

「さあ、はやく来て……ほしい……。私はもう、疼いて堪らないのだよ」

ここまで言わたらあとには引けない。

俺は先ほどまでユイカさんの尻尾に付いていたローターを外して、そのふさふさな尻尾を優しく撫で上げていった。

「あっ……はぁっ、そこはっ」

気持ち良くしてあげよう。

初めてをもらうからにはいい思い出にしてあげたい。

尻尾を撫でながら、着ている衣服を一枚一枚丁寧に剥ぎ取っていく。

「ユイカさんの尻尾……、とてもきれいです……。そしてアソコも……」

最後にしっとりと湿った下着を脱がすと、眼前にきれいなピンクの割れ目が姿を現した。

ユイカさんは尻尾を撫でられた快楽からか、はたまた誰にも見せたことのない秘所を見られた恥ずかしさからか、微かに体を震わせていた。

「十分に濡れていると思いますが、最初は痛いと聞きますから……」

俺はそう言いながら、彼女の尻尾を執拗に愛撫していく。するとユイカさんは、そのたびに身悶えながらあそこをひくつかせていた。

「駄目……だっ、こんなに発情しているときに、そこを触られたらっ」

「何がダメなんです？」

「あぁ、凄くいいっ……のっ！　尻尾を責められてるだけで、堪らないから……！！」

「それなら良かった。続けますね……、そうだユイカさん。俺にアソコが良く見えるように四つんばいになってくれますか？」

「はぁ……、はっ……、こう……か」

俺の言葉に従って、全裸のユイカさんが尻をこちらに向けた姿勢になる。

見られていることを意識してか、その引き締まった尻が一度だけキュッと脈動した。

しっとりと濡れたアソコはヒクヒクと蠢《うごめ》き、ペニスを欲しがっているようにも見える。

……だけど、まだしない。

「はぁ、あうぅ、いわれたとおり四つんばい……なっただろう……。だから、もう……挿れてくれ……！」

「分かりました……」

そういって俺は再び勃起したペニスを彼女の割れ目にあてがうも、その肉襞を上下にゆっくりと撫で上げるだけで、隆起した肉棒を膣内に挿れることはしなかった。

「んっ……、はっ……、くっ……ぅ……、焦らしたら……嫌だ……。なぜ、挿れて……くれない……のだ……」

まだ先っぽだけしか触れていないというのに、肉襞が亀頭を舐めあげるように蠢いていた。ユイカさんはもう欲しくて堪らないはずだ。

腰がくねくねと動いてペニスを欲しているのが感じられる。

だが……、はじめての女性に主導権を奪わせるわけにはいかない。

オナホだけであの気持ち良さだったのだ。きっと挿れてしまったら、俺は再びユイカさんの快楽に負けてしまうかもしれない……。だから最初だけは主導権を握る！

「ところでユイカさん……。その許婚の男というのはどんな人なんですか？」

「な、なんだ急に……。そうだな……、彼も大商人の跡取りで、ヒナミヤ商会とはまた別の……ぅぅぅんんん――――――――――！！！！！！」

話の途中で、俺はギチギチに隆起したペニスを彼女の膣内に叩き込んだ。

「いまだけは許婚の存在を忘れさせてあげますよ、ユイカさん。ひとりの女として快楽を味わってください」

結合部からは血と愛液が混ざった液体が滴り落ちている。

もしかすると痛かったかもしれない。だがその痛みも思い出になるはずだ。ユイカさんには申し訳ないけど、我慢してもらうしかない。

「はあああああぁぁぁぁぁ！！！！　はい、って……、おっきい……！！！！」

ユイカさんは、痛そうではあったが、全く感じてないということはないようだった。

「動きますよ、ユイカさん」

俺が告げると、ユイカさんも腰をくねらせて自分の気持ちが良い場所を探しはじめた。

「はあんっ、はぁ……あううっ。ここ……が、んんっ、ふうっ。はぁ、いいか、も……」

彼女の呼吸に合わせて俺もゆっくりとしたペースで動き始める。ひとストロークしただけで、強い快感が全身を駆け抜けていく。

道具を使っての愛撫のときも感じたが、ユイカさんとの行為はまるでふたりで、お互いの存在を確かめ合うかのような時間だった。

「尻尾はっ、もう、触らなくていい……っ、はぁ、感じすぎる」

彼女は、尻尾に触れられるのを嫌がっているようだったが、後背位というおあつらえ向きな体位のためソレが目の前にあるのだから触らずにはいられない。

何よりユイカさんが感じてくれているならば、やめる理由もない。

ユイカさんの言葉を無視して、尻尾とアソコを責め続ける。

「はぁ、あううう、初めてなのに、こんなにいいっ。はぁ、んんぁああ」

そのたびに彼女は声を上げながら、体を震わせていく。

「これなら、イケるかもっ……はぁ、あううぅ、クルトっ、はぁぁ！！！　下半身が……、溶けてしまいそう、だ……はぁぁ！！！」

そんなに感じてくれているのなら、俺もうれしい。幸いなことに、先ほどオナホで抜かれていたため、射精にもまだ余裕がある。

ユイカさんに腰を打ち付けるたびに、形の良いお尻が波打ち歪む。

誰が見ても完璧な美女の痴態を見ているのは俺ひとりだという事実が欲望を滾《たぎ》らせ、ストロークが自然と早くなってしまう。

「あぁあんっ、はぁ……っ、はぁ、んんぁああ。早……ぃ……ふぁぁぁ！！！！」

ペニスで膣奥を疲れるたびに、ユイカさんが悶え、喘ぐ。

彼女のことを抱いているという実感が湧いてくる。

「あううっ……くうっ、ふうっ。はぁ、はぁ、はぁ、はぁ……ぁぁぁぁ！！！」

もしかするとユイカさんはこのままイってしまうのかもしれない。俺は、抽送を激しくしていった。彼女をイカせたい。痛いだけの記憶にはしたくない。

「クルトの、まだ大きくなってる……っ！　膨らんで……んんんんっ」

ユイカさんは感じている。

苦しそうな声でありながら、それでいて気持ち良さそうな声が俺の脳を痺れさせる！

「あううっ……はぁ、はううっ。くうっ、はぁ、はぁ！　ああうううぅ……クルトの、……まだ、勃起が強くなってるみたい」

そんなひとことがうれしくて、単調なピストン運動にならないよう、浅く、深く……、ときには横壁に亀頭を擦りつけるようにして何度も動く。

「はぁあああぁ、あううぅ。それ……っ、んんんんっ、ふぁあああ！！！！」

快楽をむさぼるのは、俺だけじゃない。ユイカさんも同じくらい感じてくれていたらいい、と思いながら突いていった。

「はぁ、はぁ、クルトっ、最後までしてくれ……はあああぁ！！！」

ユイカさんに言われなくても、そうするつもりだ。ここまできたら止められない。

「ふううっ、はぁ、あうううっ。んんんっ、ぁあああ」

先ほどはまだ余裕があると思っていたのに、気づけば精液がこみ上げてくるような感覚がある。ユイカさんも、もうじきイクのが何となく分かった。

ならば無理に耐える必要もないだろう。

このまま出す――。

「クルト……私は、もう、駄目だっ……、クルト……、お願いだから……、一緒にっ！　私の初めてを、一緒に果てて……くれっ！」

「わかりましたユイカさんっ、出ますっ」

「出してっ、私の中に吐き出してくれっ、クルト……！」

ふたりで一緒に限界に向かって上り詰めていく。

感情がひとつになり絡まり合う！

膨らみきった欲望が破裂してしまいそうになっていた。

ユイカさんをイカせて俺もイク……。その準備は整っていた。

「はあううっ、あぁあっ、んぁああああああああ!!　ダメ……ダメなんだ……もう、イ……イク……ぃ……んんんんんんっ――――！！！！！！！！！！」

「くっ……っぅ！！！！」

二度目となる射精なのに、大量の精液が体の中に吐き出されていく。何度も、何度も、彼

女の膣内で射精が続く。

「んんんんんっ……はぁ、はぁ。出てる……。感じるぞ……クルト」

「はぁ……はぁ……、どうでした……か」

「だからそういうのは……無粋だと……。んはぁ……、気持ち良かったに……決まっているだろう……が……」

ユイカさんは無粋だといいながらもちゃんと気持ち良かったと言ってくれた。

「はぁ、はぁ、本当ですか」

「んんあああ……凄い、まだこんなに……あぁ、脈打ってる……」

ユイカさんが感じてくれた。初めての記憶として残してくれるだろうと思う。

「あぁ、こんなに深くイったことは初めて……だ。もしかすると、この先もないかもしれない……」

「痛みはどうですか……？」

「痛くていいんだ。クルトが私の体に刻み込んでくれたものであれば、なんでもうれしい」

ふたりでそのままベッドに横たわると、ピロートークが続いていく。

「それにしても、許婚がいる大商会の私の処女を躊躇《ちゅうちょ》なく奪うとは、さすがはエロの伝道師といったところか」

「な、それはユイカさんが！」

「はて、そうだったかな？　ふふ、まあいい。新商品も試したし、そろそろクルトは帰ったほうがいいんじゃないのかな？　彼女を心配させてしまうぞ」

「彼女って……ビアンカはそんな……」

「私としては名残惜しいのだがな。しかしまあ、クルトがいなくなった寂しさは、このローターに慰めてもらうことにするよ」

「ユイカさん……」

そんなやり取りがあったあと、俺はユイカさんの部屋をあとにした。

店まではすぐだったが、その数分ので俺の頭は正常な活動を開始していた。

冷静なって考えるとユイカさんが言ったように、許婚のいる大商人の処女を奪ってしまうなんて、とんでもないことをしてしまったのではないか……。ばれたら俺の店なんて軽く捻りつぶされてしまうことだろう。

そんな心配を胸に店につくと、案の定ビアンカは俺の帰りが遅いことを心配していたようで、店じまいをしたというのにひとりカウンターに残り俺の帰りを待っていた。

ビアンカは俺に対して何も思ってないわけじゃない。それはもう気がついている。

そして俺も……。

「遅くなってすまなかった、ユイカさんと話し込んでしまったんだよ。それで聞いてくれよ。なんとユイカさんのスキルだけど、翻訳のスキルなんだ！」

「それは凄いスキルですね。商人としては最強なんではないですか？」

「だよな！　俺もほしいくらいだけど、そうなるといたずら魔法は失うことになるのか？」

ユイカさんとのピロートークではこれからのことについてもいろいろと話した。そのうちのひとつはエログッズの販路拡大とヒナミヤ商会との提携方法だったのだが、そこからお互いの持つスキルの話にもなった。

どうやらユイカさんは翻訳のスキルを有しており、加えて観光好きであるため、実益を兼ねて各地を飛び回っているとのことだった。

「異国でも俺の商品が売られるってことだよな……想像もつかない」

「でも、例のローターは売れると思いますよ。私も、はまってしまいそうでしたから」

ビアンカはそう言いながら顔を赤くする。

幸せな日々が続いている。商売も上手く回っていった。

みんなの協力あってのことだけど、それでもうぬぼれてしまいそうだ。もしかして俺は結構な商才があるんじゃないか……と思えるほどに……。

幸せな日々が続く。

二号店の店主とも、友好な関係が続いている。

店に戻ってからは数字とにらめっこ。

この文化レベルじゃ機械というものが限られている。

グラフを出すのだってひと苦労だ。自分で作るしかない。

「ローターの売れゆきが渋いな……。もう行き渡ったってことなのかな」

ぶつぶつと、独り言が出てくる。ビアンカがそれを見て微笑んでいる。考えだすときりがない。どこかで折り合いを付けるしかない。

ユイカさんとも、もっと会っておかないといけない。彼女から学べることは多い。俺よりはずっと経営者としての資質もあるだろうし、努力もしてるはず。人と会うことが大事だ、ということに気づけたのも経営をはじめてからだ。

とにもかくにも充実している。無駄な一日というのがない。今日も店にはアルマさんが遊びに来ている。こんな毎日がずっと続けばいいと、本気で思った。

それでも変化というのは望むにせよ望まざるにせよ、起きるものらしかった。

「やあ、久しぶり」

「……なんだこの、怪しげな店構えは」

「ヨーゼフ兄さん……、それにエーミール兄さん」

その場にいたビアンカやアルマさんも、予期せぬ来訪者に驚き何も言えなくなっていた。

「さてクルト。ヨーゼフから話があるそうだ」

「まったく兄さんったら自分で言えばいいのに……。まあいいか。なあクルト、大成したみたいじゃないか。そこでだ、そろそろ家に戻ってこないか？」

ヨーゼフ兄さんは笑っていた。信じられないことだった。俺を捨てたくせによく笑っていられる。エーミール兄さんは乗り気ではないようだけど、その態度のほうがまだ分かるくらいだった。

「俺はクルトを甘く見てたよ。そのことについては謝るからさ」

どこまでもヨーゼフ兄さんの態度は軽い。俺は内心いらついていたけど……、それをビアンカが代弁してくれた。

「お言葉ですがヨーゼフ様！　謝るにしても、そんな謝り方ないでしょう！　自分勝手にもほどがありますっ！」

「まてまて……、侍女である君が口を挟むことじゃないよ」

「いえ、私もビアンカさんの意見に同意ですわ。クルトさんはどう思ってますの？」

「あなたは……アルマ・ヘリング……様」

ビアンカに続いてアルマさんも抗議の声を上げてくれた。貴族の彼女を前にしてさすがのヨーゼフ兄さんも黙るしかなかった。

俺は考える。いまになって兄さんたちが俺を受け入れようとしてくるのは分かる。

貴族から見ても仲間にしておきたいくらいの財力……というのを、俺は得たのだろう。それはユイカさんが許婚を受け入れているようにこの世界の〝普通〟だ。

そう理屈では分かっていても頭は拒否反応を示す。

「俺は家に戻るつもりはないし、兄さんたちと協力することは何もないよ」

「そんなことを言わずにさ。ほら、俺はいいけど、エーミール兄さんを怒らせると怖いよ？」

「怒ってるのはこっちだよ。たとえ兄さんたちが何をしてきても、はね除けてみせるさ」

感情的にならないよう、できるだけ静かな口調で怒りの意思を表明した。

「……そうか。残念だよクルト。きっと君は後悔するよ」

去り際、ヨーゼフ兄さんはそんなことを言って店を出て行った。

結局エーミール兄さんはほとんど口を開かなかった。

その態度を見て、俺は何か嫌な予感がした――。

ふたりが去ったあと、店には静寂が残った。それを切り裂いたのがアルマさんだった。

「まったく！　気分が悪いですわね！」

その言葉は、なんだか俺を落ち着かせるものだった。

「俺のためにそんなに怒ってくれてるんですね。ありがとうございます」

「一度は厄介払いをしておいて、あの態度はあきれてしまいます。私がお父様にお願いして――」

「いいえ、ヘリング家を巻き込んでしまうわけにはいきません。これは俺と兄さんたちの問題ですし」

「そうですのね……。でも何か手伝えることがありましたら、遠慮なくおっしゃってください」

アルマさんは優しい人なのだろう。しかも、彼女は養女だというのもある。自分の意思で勘当した相手に近寄るというのが腹立たしいに違いない。

「でも、ちょっと困ったことになったかもしれませんね。これからは、あのふたりが嫌がらせをしてくるかもしれませんわ」

「嫌がらせくらい、ご主人様ならどうってことないですよ！」

ビアンカも俺と一緒に怒ってくれた。じんわりとうれしい気持ちがある。

翌日。俺は打ち合わせに来ていたユイカさんに、昨日あった出来事を話していた。

「……ふうん。そんなことがあったんだね」

「理解に苦しみますよ。俺を今更味方に付けようだなんて」

「そうかい？　むしろ私は良く分かるけどな。君が敵のままなのが怖かったんだろう」

そういう見方もあるのか……。だけど、結局敵同士になってしまった。

「……そういえば、新商品の売れゆきは順調ですよ。ユイカさんのおかげです」

「それは何よりだ。だけど、貴族を敵に回したとあれば、油断はしないほうがいいね」

それは、間違いなくそうだろう。これからは何が起きるか分からない。

貴族に睨まれた不安を抱えながらも、俺はできるだけいつものように仕事をする。最近では本店の経営や、商品開発にばかりにも注力してもいられない。二号店の様子もたまには見に行かなければならないからだ。

それはもちろん経営者として当然するべきことというのもあるけど、もうひとつの理由としては俺がいない二号店に兄さんたちが何かしていないかという心配もあったからだ。俺は念のために二号店の店長に事情を話しておく。

「そんなことがあったんですね。でも、いまのところ何も起きてませんよ」

「そうか。それならいいんだ、ありがとう」

仕事をお願いしてる立場だ。思わず丁寧語が出てしまいそうになるけど、威厳を保たないといけないので堅苦しい言葉になってしまう。

「それにしても、オーナーは元貴族だったんですね。知りませんでした」

「ああ、うん。話してなかったかな」

俺の呼び名はオーナー、というので統一させている。店長というと二号店の店長と被るし、ほかにふさわしい呼び名はない気がする。

かといって既に仲の良い人からオーナーと呼ばれるのはなんだか恥ずかしい。

「貴族っていっても、もういまは違うから、気にしなくていい」

「はい！」

そんなに元気良く返事されるとちょっとどうかと思ってしまうけど……。まあいいか。

二号店をあとにして、少し思うことがあった。兄さんたちが何かの邪魔をしてきて、店が続けられなくなったら、ということ。彼らも職を失うことになる。俺が守るべきものはもう俺だけじゃなくなっていた。

普通の人なら自分の家族を守るだけで精一杯ということもあるだろう。あるいは、自分だけを守るというのも、またひとつの正解だと思う。だけど、俺は俺のために働いてくれている人全員を守りたいと思った。

経営というのは、愛で成り立っているかもしれないな。

「……ふう」

それにしても、従業員のみんなには妙に気を遣ってしまう。二号店のあるこの街にはアルマさんと一緒に来た。あのときはビアンカもいたけれど、今日はいない。しかもこのあとはアルマさんと落ち合う約束になっていた。

二号店での打ち合わせが予想より長引いてしまったため、俺は駆け足で約束の広場に向かうと、アルマさんはすでにベンチに腰掛けて俺を待っていた。

「お待たせしました！」

「いえいえ。私もいまきたところですわ。ところでクルトさん。今日は一号店のある街へと帰るご予定なのですか？」

「そう思っていたのですが、結構な時間になったし、今日はこっちで泊まろうかなと思っています」

「そうですの？　でしたら、その……」

アルマさんがもじもじしている。どうしたんだろう。

「どうかしましたか？　顔が赤いですけど」

「いえ……また、新商品を入荷したでしょう。獣人用じゃない、媚薬……」

ああ。そういえばそんなこともあった。

「あれは、特定の種族に効くというものじゃないですから。効き目がいまいち薄そうなんですよね」

「だったら、私で試してみてくれませんか」

何か決意したような顔でそう言ってくるアルマさん。

そこで俺は、ああそういうことか、と思った。彼女は仲間はずれが嫌なんだ……。

体を重ねたことまでは気づいてはいないだろうが、みんなが新商品のテスターになって俺の前で痴態を晒したことは、彼女たちの態度や言動から薄々感づいているはずだ。

それでなくても最近はみんなの仲がすこぶる良くなっている。俺がいないときには女子会のように商品の感想も言い合っているのだろう。そんな輪にひとりだけ入れなかったアルマさんは「自分だけ……」と考えてしまった、といったところか？

ちょうど手元には二号店に置くために持ってきた媚薬のあまりもある。

アルマさんが見せてくれた覚悟を無駄にしないよう、俺は務めて冷静に答えていた。

「……いいですよ。いや、いまのは違いますね。アルマさん、ありがとうございます。それでは俺の商品をその身で試してくれますか？」

「ええ……お願いしますわ」

それから俺たちは、少しだけお洒落な宿に入った。ある程度高級な宿なのだろう、俺の商品が並んでるということはなかった。

フロントでチェックインを済ませると、指定された部屋へとふたりで向かう。

部屋は金額相応、貴族のお嬢様が泊まっても遜色のないくらいには豪華だった。

「……液体ですのね。飲めばいいのかしら」

俺が差し出した媚薬をアルマさんが眺めてそう呟く。

「はい。そんなに強くない媚薬ですから、効き目を試してみたかったんですが……」

アルマさんは流石に緊張しているようだった。

「飲んですぐ効くような即効性はないはずなので、とりあえずは経過を確かめられたらなと思っています」

「分かりましたわ……。これを飲めばいいのですね？」

「はい。できればどんな気持ちになるのか教えてもらえるとうれしいです」

「では飲みますわ……。んっ、ごくっ、ごく……んくっ……、ふぅ」

予想どおり彼女の体には、すぐに効果が現れるということはなかった。

しかし仮に効果がなかったとしても、アルマさんは俺に迫ってくるんじゃないかという予感はあった。

「クルトさん……。はぁ、はぁっ……体が、熱いですわ」

まだ媚薬を飲んでから一分も経ってはいない。薬の効果とは無関係なんじゃないか……とも思う。しかしアルマさんの思いを無碍にするわけにもいかない。

「媚薬の効果が出てきたみたいですね……。それで、どんな気持ちですか？」

「え……、ええ……。その……、体が……熱くなって……、クルトさんの……おちんちんを……」

そういってアルマさんは床に跪《ひざまず》き、ズボンの上から俺の股間を撫ではじめた。

「俺のを……どうしたいんです？」

「はぁ……、欲しいです……の……。脱がしても……いいですわよね」

俺は椅子に座ったままアルマさんのされるがままにしていた。

布の上からでも吐息を感じるほど、アルマさんの息は荒くなっていた。もしかすると元からあった興奮に、さらに媚薬の効果が上乗せされているのかもしれない。

俺のズボンをすべて脱がすと、今度はアルマさんも上半身をはだけさせ、魅力的な胸をあらわにする。そして――。

「こういう、ことは……好きかしら」

やがてアルマさんは俺のパンツまで剥ぎ取ると、ガチガチに隆起したペニスを胸に挟み、先端をそのかわいらしい口に咥えはじめた。

「……いいんですか。これじゃ、アルマさんは気持ち良くなれないと思いますけど」

パイズリフェラの姿勢。

それは俺だけが気持ち良くなる行為を意味していた。

これでもし本当にアルマさんの体に媚薬が回ってきたら、やばいと思う。きっと蛇の生殺しのような気分になってしまうだろう、そう考えた。

それでも彼女は行為をやめようとしない。

「私がしたいのです……。それに……、この状況でクルトさんに触られたら……」

感情に歯止めが利かなくなるということか……。

「そ、それじゃ、お願いします。俺もアルマさんに気持ち良くして欲しいです」

ここは彼女に甘えることにした。

「いきます……ね♪　んむっ……♪」

アルマさんが俺のペニスに覆いかぶさってくる。なんだか堪らない気持ちだ。早く動いてほしいようで、焦らしてほしいような……。

「どうですか？　……んんっ♪」

「んっ……！！」

たわわな双丘に挟まれたペニス。亀頭にアルマさんの舌が這っていく。

「はっ、はっ！　き、気持ち良い……です。アルマさん……」

「んぁ……♪　うれしい……ですわ……。なんだか……私も暑く……」

「あ、アルマさん⁉」

そういってアルマさんは着ていたドレスの裾をたくし上げ、尻を見せ付けるかのようにして俺のペニスをチロチロと舐めはじめた。

「くうっ……はぁ、はぁ。こんなに、乳首が……あぁ」

あらわになった尻から目を胸に移すと、確かにピンク色でかわいい乳首が勃起している。

だけどそれはお互い様というか、俺も欲情しているのは同じだ。

早く、強い刺激がほしい。

もっと刺激が欲しい！

下半身から欲望まみれの指令が脳に飛ぶ。

「これで……、男性は……気持ち良くなると……、聞いたのですが……」

たしかに気持ちは良い。しかし亀頭は舌で刺激されるだけだったので、これでイケるとは思えないのもまた事実だった。

パイズリはビアンカかユイカさんあたりからの情報だろう。おそらく誰かに試したのは今日が初めてのはずだ。アルマさんのパイズリは、それくらいぎこちなかった。

俺とこうなることを、決めていたのかもしれない。

しかし俺から触れられるには、多分覚悟が足りない——そんなところだろう。

それでも俺は、覚悟を決めてくれたアルマさんの気持ちがうれしかった。

「くううっ……ふうっ、んん……やっぱり、咥えましょうか？」

「お願いします……」

考えるより先に口が動いてしまう。

「いいですわよ……んん、あむっ、ちゅぅ」

ようやくアルマさんが俺のものを咥えてくれた。ああ、これは……。

支配感なんてものを飛び越えた、純粋な快感があった。そう表現できるほど、その快感はあまりに大きくて何も言えない。

この気持ち良さの背後に何があるかは分からない。アルマさんが何を考えているかも、さっきまでは分かっていた気がするのに、もう分からない。

「あぢゅがしましゅ……、ぷはぁ……。クルトさんの味が……」

アルマさんは音を立てながらペニスを舐め上げ、胸でしごいてくる……。

「っ……堪らないです、アルマさん」

俺は何も言わずにはいられなくて、そんなことを口に出す。そのひとことが彼女の興奮をさらに募らせたようだ。

媚薬が回ってきているのかもしれない。何もしていないのに、むき出しになったパンツ……その割れ目付近がしっとりと濡れはじめている。

もうアルマさんはペニスを咥えることに夢中になっていた。

「ちゅく、ちゅぷっ。じゅるっ、じゅぱ、れろれろ、んむっ――――」

唾液の音が立っている。胸にも包まれて、見た目的にも興奮する。

「ああ、柔らかい……っ、はぁっ……、アルマさんの……舌、ステキです……」

唇が包んでいる。歯を立てるようなことはなかった。アルマさんが……、あのアルマさんが、俺のものを口に咥えている。信じられなくて、耐えられない気持ちになってくる。

「んうっ……くちゅ、ちゅぷっ。じゅるうううぅ。じゅぱ……んんっ♪」

ときおり漏れる熱っぽい息。そのたびに俺にまでその熱が伝わってくるようだ。互いに、欲望を分け合っている。こんなに気持ち良くていいんだろうか。

「はぁ、はぁ……。すぐ、出てしまい……そうです。アルマさん」

アルマさんは、それでも構わないようだった。

それを示すようにアルマさんの動きがさらに早くなり、舌先もペニスに絡みついては俺の射精を責め立ててくる。

勃起が強まってくる。

射精まで追い込んでくる。

本気でイカせようとしている。

彼女も媚薬で発情しているところがあるんだろうと思う。

「はぁ……、はぁ……。わりゃしも……、ほてっ……、んちゅっ……、ちゃいますわ……」

そういいながらもアルマさんは俺のものをしごくのを止めない。

柔らかい感触に、何度も包まれる。俺はもう耐えきれないくらいだった。

彼女はそんな俺よりも、欲望をあらわにしているように見えた。

「んんん、じゅぱっ、ちゅぱっ。じゅる、じゅぽじゅぽっ……んんっ♪」

途方もなく興奮している。それが見ているだけで伝わってくる。

「じゅぽっ、ふううっ……おいひぃ……じゅぱ、じゅるるうう」

アルマさんの体を媚薬が支配している。彼女は彼女で、イキたいんじゃないかと思えた。

「はぁ、はぁ……アルマさんっ」

「じゅぷっ、じゅぱ、じゅるうううっ。じゅっぷ、じゅぽっ。んんん……んんっ？」

俺が彼女の名前を呼ぶと、呼応するかのようにフェラを強くしてくる。

媚薬で狂わされて、辛そうな表情にも見える。

彼女がいま内包している劣情は、並みの精神では抑えきれるようなものではないと思うけど、それでも堪えて……俺に尽くしてくれている。

「はあっ……気持ち良いっ。凄く、いいですよ」

上手い、とは言えなかった。だけど、欲望を煽るものがある。

「んんっ……♪　うれひぃ……れひゅ……じゅるうううっ！！！！」

ああ、このままアルマさんの口で、イキたい。

「ちゅぱ、ちゅぷっ。んんんんっ、ふぅ、じゅぷ、れろれろっ、ぺちゃっ」

柔らかい。溶けてしまいそうなくらいの感触を受ける。

アルマさんが、俺のことを求めてくれているのがうれしい。

ここからは言葉が要らないような、そんな感じだ。

「ふうううっ……ちゅぷ、じゅぷっ。ふうううっ……じゅるるううぅ」

アルマさんが上目でこちらを見てくる。このままイカされる、もう遠くない。

不意に腰の奥から熱い塊が込み上げてくる。

「ふううっ、ぐちゅっ、ぐちゅっ。じゅるるうう、じゅぷっ、じゅぱっ♪　いいのれすよ……、んんんんんっ、らひてぇ、もう、イっててっ。じゅぱ、じゅるうぅううう——」

アルマさんのフェラにペニスが悲鳴を上げる。

イカされてしまう——。

「アルマさん……っ、もう出そ——っ」

「んんんんんんんんんんんんんんんんんんんんん——————っ!!」

最後まで言えなかった。下半身に込み上げてきた熱い塊は、一時の躊躇《ちゅうちょ》もなくすべてアルマさんの口内に吐き出されていた……。

「じゅぷじゅぷっ、んんん……♪　ふぐううううっ、じゅぷうっ、じゅるるう」

それでもアルマさんはもう止めるようなことはしてこなかった。

「んんっ……♪　……んぐっ、ごく、ごきゅっ」

そして俺の放った精液のすべてを飲み干した——。

「んくっ……。はぁ、はぁ……いっぱい、出しましたね……はぁ、っ」

ひとりだけ……イッてしまった。そのことに男の尊厳がチクリと痛む。

大量に精を吐き出したペニスは、まだ固さを保っている——。

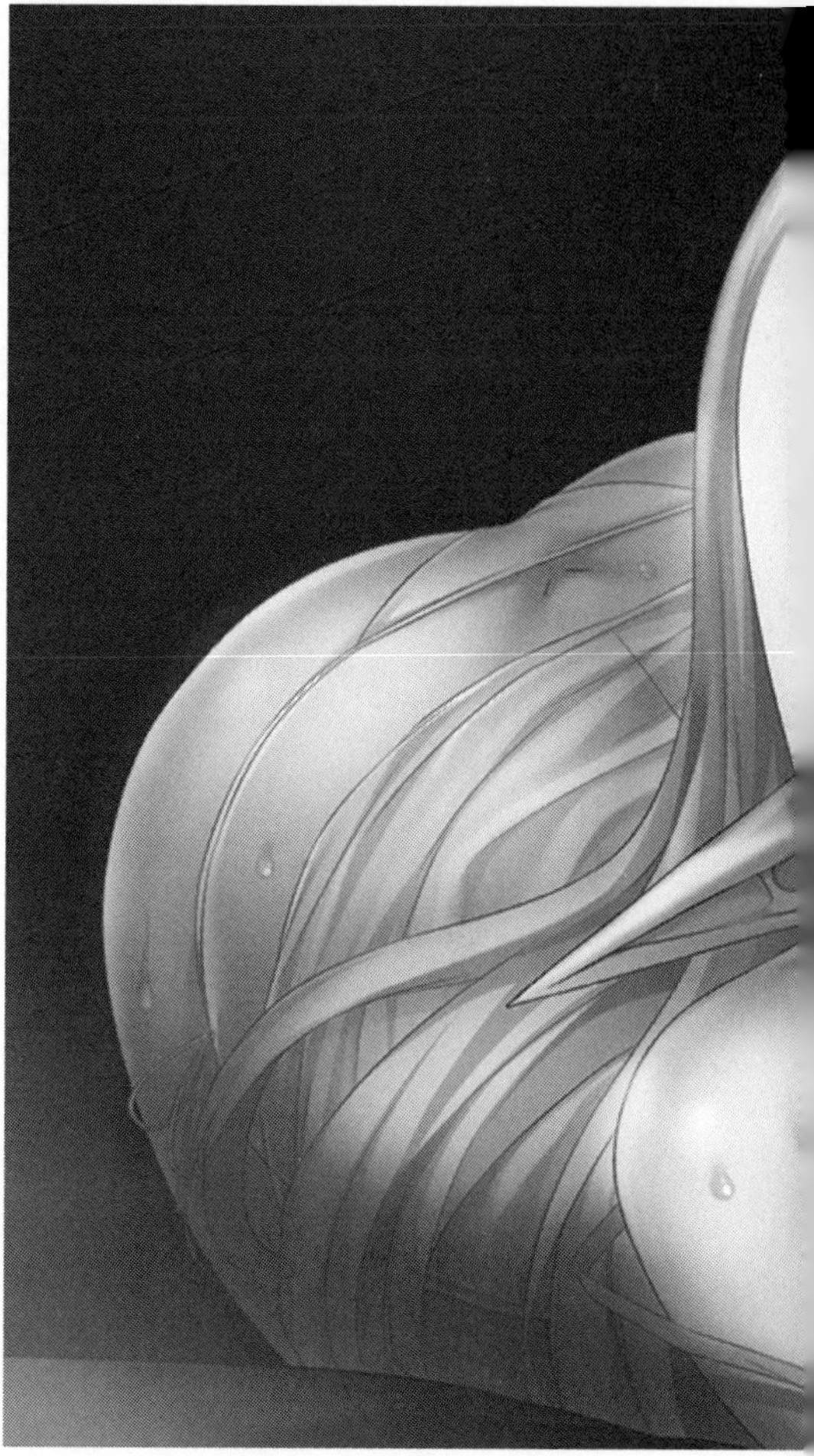

一方のアルマさんも、まだ媚薬の効果が切れてはいないようだった。
「……今度は、俺が何かしましょうか」
「ええ……。それじゃ、お願いできますかしら……」

アルマさんは、俺の言葉を受けて恥ずかしそうにしている。それでも断ることはできなかった。欲望を……抑えきれないんだろう。

「私、クルトさんに、してほしいですわ……」

そして決定的なひとことを口にしてしまった。

俺はみんなと付き合うことはできない。ビアンカやカタリーナさんも好意を向けてくれている。エーディトさんだって何も思ってないふうではないし、ユイカさんも……。

それでもまだ俺はひとりを選べないでいる。

それなのに今日もまたひとつ、カルマを積み重ねようとしている——。

「悩んでらっしゃいますのね……、クルトさん……」

「え……？」

アルマさんにあっさりと見抜かれてしまった。

「私、もう我慢できなかもしれません。クルトさんの周りには素敵な女性がたくさんいらっしゃいます……。だから私も勇気を出して……」

アルマさんは耐えきれないように、自らの胸の内を告白してくれた。

それを聞いて俺の覚悟も決まった。

「いままで、待たせてしまいましたね……。すみません」

「謝らなくていいですよ。これから朝まで、私のこと……愛してくれたら……」

俺は無言で彼女を引き寄せ、すでに熱を帯びている秘所を触っていた。パイズリフェラをしていたからか、予想どおり濡れている。

「……いやらしい。俺のを咥えながら、しっかりと感じていたのですね」

「ふうっ、はぁ……っ、言わないでぇ……」

そういってアルマさんの体をじっくりと撫で回す。絹のように柔らかな肌は、張りのある潤いを帯びていた。

そのまま彼女の体を抱き寄せてはベッドへと運ぶ。

高価そうなドレスを優しく脱がせ、愛液に濡れたショーツを剥ぎ取ると、彼女の体を仰向けに寝かせた。

気がつけば部屋中にアルマさんの匂いが漂ってる。

「はっ……、見られて……、しまいました……わ……」

恥ずかしそうに身悶えるアルマさん。そのまま股を閉じようとしたところを、両足を押さえつけ阻む。

「はぅっ……っ！！！」

そして俺はそのまま彼女の股間に顔を埋めてアルマさんの恥丘に舌を這わす。

「はぁ、あううっ！　クリ、だめぇ――！」

その瞬間アルマさんが甘い声を上げた。

両頬をアルマさんの太ももが圧迫する。それでもお構いなしに舐めあげていく。

「あそこが……っ、濡れちゃう、はぁ、くうううっ。気持ち良いぃぃぃ！！！」

アルマさんが俺のすることで感じてくれている。道具を試すとかそういうことじゃなく、直接触れる行為で。

「もっと、もっとぉ……私のこと、駄目にして……！」

そろそろ頃合いだろうか。俺は顔を上げ、硬さをまったく失っていないペニスをアルマさんの体にあてがう。

お互いの性器と性器がぴったりと重なる。

ここから少し力を込めれば、繋がってしまう。でももう後戻りはできない。

「すみません。初めてだといっても優しくする自信がありません」

「痛くても、我慢します。私なら、大丈夫ですから」

俺はそれを聞いて、彼女の体に突き立てていった。

「いきますすよ。アルマさん」

天国にいるかのような感覚であり、逆にものすごくリアルでもあった。

「はぁ、あっ……あああぁ……、挿ってくるっ、はあああぁ……、くぅっ……いたっ……んんんっ！！！！！」

アルマさんは息を吐きながら、表情をゆがめる。シーツをギュッと掴み、破瓜の痛みに耐えている。相当苦しいのだろうと思う。

やはり優しくしたほうがいいのだろうか……。そんな考えも彼女の次の言葉で吹き飛んでしまった。

「はぁ、はぁ……っ、抜いちゃ、だめですわよ」

そこからは予告していたように、俺の欲望はもう止まってはくれなかった……。

「……動きます」

するとアルマさんは弱々しくうなずいてくれた。

俺は宣言どおり、彼女の中で抽送を繰り返していく。

それは彼女が感じられるようにというよりは、俺が射精できるように。

自分勝手なことだけど、それを優先した。

アルマさんには少しでも感じて欲しかったけど、俺にできることは抽送するだけ……そう思いながら、自分が昇りつめるだけの動きを繰り返していく。

「あうっ……うぁああ……はぁ、あぁううっ。はぁあぁ」

するとほんの少し、アルマさんから甘い声が漏れ出してくる。もしかすると媚薬の効果がまだ続いているのかもしれない。

最初のセックスでイクことはできなくても、それに近い状態でいてくれたらいい……。そんな想像をしながら、俺は動き続ける。

「はぁ……んっ……くぅ……、んんんぁ……」

「痛いでしょうけど……。アルマさんが……気持ち良すぎて……、止まりません！」

そういっていっそう激しく彼女の中でペニスを躍らせる。

彼女の奥を突くたびに、形の良いおわん形の胸が激しく上下に揺れ動く！

「はあうううっ……。いいの……ですよ。クルト……さんの、気持ち良いよう……、もっと、激しくしてもいいですわ……あううぅ！！！」

苦しそうな声でそう告げてくるアルマさん。その言葉に甘えるように、さらに激しく動いていく。仮に彼女がやめてくれと言っても、やめられない気がした。

「ふうううぅ、はぁ、はぁあああんっ。はあああぁ！！！」

そんなとき、俺はアルマさんの嬌声を聞いた。

いままでの苦痛を含んだ呻き声でなく、明らかに快楽を享受しているような甘い声。

どうやらようやく馴染んできたようだった。

ならばもう、我慢することはない。俺はすぐに射精してしまってても構わないというくらい、激しく彼女の膣内にペニスを突き立てていった。

「はぁ、はぁ……アルマさんっ！！　アルマさんっ……！！」

俺は彼女の名前を呼びながら、動き続ける。

「はぁ、はぁ……っ、あううっ。んんっ、うううぁあ……‼　クルト……さんっ！！！」

勃起が強まりすぎて、どうにもならない。処女だった彼女の中いっぱいに膨らんで、膣壁を押し広げていく。

「んんんんんんっ、はぁ、ぁうううううぅ……、また、おっきく……っ！！！　んんはぁ……、気持ちいぃ……んんんんっ……！！！」

挿入してから初めて彼女は「気持ち良い」と漏らした。

どうやらアルマさんも感じてくれているようだ。

「はぁ、はぁ、クルト……さん、これならイケるかも、しれませ……んんんっ、んぁぁ!!」

「そうですか……それなら、一気にいきますよ」

「はあああああっ、まだ激しく……なっ……んんんんっ！！！　おちんちんも……まだおっきく……なっ……ううっ、あぁぁぁ！！！！！」

気がつけが結合部はすでに血ではない潤滑液が十分に漏れ出していた。

このままイカせる。

「もう駄目っ……はううっ、クルトさん……わたし……、はぁ、あうぅぅぅ！！！」

「いいですよ。イッてくださいっ！」

俺は貫いていく。彼女の体に快楽を与える。

「はぁ、あぁぁ、クルトさんっ。このまま、連れていってぇぇぇ！！！！」

アルマさんが苦しそうにしたまま、そう言ってくる。

俺は応じるしかない。彼女の体を貫いていく。

もう、これ以上ないってくらいに求める……！

そして、限界が近づいてくる。俺もアルマさんも限界だ。

「そろそろ……出そうですっ！」

俺はそう告げて、彼女の体を貫いていく。

アルマさんにはもう、言葉を返す余裕はなさそうだ。

「はあああああああああっ、んんっ、うぅぁあああああああ！！！！！」

「出るっ……はぁ、膣内に……出しますっ!!」

その瞬間、アルマさんの膣内が一瞬緩んだかと思ったら、次の瞬間に強烈な圧で俺のペニスを締め上げてきた――！

「いくうううううううっ、うぁあああああああああ！！！！！」

そして大きな声を上げて、強く体を痙攣《けいれん》させてイった。その姿を見届けると、俺もまた射精に至る……！

「くっ……、うぅぅ……んはっ！！！」

「んんんんんんんぁああああああああああああああ!!　あっ……出てる、ああああぁ！！！！」

俺はその嬌声を聞きながら、最後の一滴まで残さず彼女の中に吐き出していた……。

「はぁ、はぁっ……。気持ち良かったです、アルマさん」

「凄い……こんなに、たくさん……はぁ、はぁぁぁぁ……」

アルマさんが呼吸を整える。俺もまたそれは同じだ。

ふたりで、ゆっくりと落ち着いていく。

言葉もないくらいの時間。ずっと、夢心地だった。

「……痛かったでしょう。ごめんなさい」

「謝らなくていいですよ。私が望んだことですから」

ふたりで、そんな会話をする。アルマさんは、微笑んだ。

「しばらく……繋がっていたいですわ。クルトさん」

「俺もです……」

こうして朝まで……。俺たちは何度も体を重ねてしまった。

しかも回数を重ねるごとにエロさを増していくアルマさんに、最後のほうは負けそうになっていた……。

迎えた翌朝。実家に用事があるというアルマさんと別れて、俺はひとりビアンカが待つ店へと帰ることにする。

「……浮気性だよな、俺」

思わず呟いてしまう。

これでいいんだろうかという疑問はあった。新商品の開発のためだといって、彼女らを弄《もてあそ》んではいないか？　いくら合意の上だと言っても、さすがにやりすぎじゃないかと。

しかしもしかするとこれは、エログッズを売っている俺のカルマなのかもしれない。

たしかにいまわの際では「かわいい彼女を作って、エロいことをしたかった。もっともっとエログッズを使って楽しみたかった」と願った。

でも、そろそろいいんじゃないかとも思う。

誰かひとりに決めるべきなんじゃないかと……。

エロ経営が軌道に乗ってきたところで、これまで考えないように封印していたもうひとつの問題がじわじわと俺の頭を占拠していくのだった。

5章　営業停止の裏には兄がいました

エーディトさんに新商品の設計図を渡してからは、街の食堂で軽い昼食を済ませ、そのまま店までとんぼ返り。まったく忙しい話だ。でも、できるだけ何かの仕事はしていたい。

「ご主人様……疲れてませんか」

「そう見えるか？　俺は平気だよ」

ビアンカが気を遣ってくれている。俺のことを第一に思ってくれているんだろう。周りの女性はみんなそれぞれ魅力的な人だよな……。

それぞれ理由は違えど、俺に協力してくれている。

そんなことを思っていると、カランカランと店の扉が開く。

「いらっしゃいませ、カタリーナさん」

「こんにちは、クルトさん、ビアンカさん」

彼女もまた、俺の協力者だ。いろいろとグッズも試してくれている。カタリーナさんはまさにその最初のひとりであり、俺が開発したグッズの大ファンでもある。来店すると棚を眺めては新商品がないかを探している。

「これは何？　キャップ……？」

新商品の開発のアドバイスやテストをしてもらうこともあるので、だいたいの商品のことは知っているカタリーナさんでも、別ルートで開発した商品に関しては初めて見るものも存在する。

「ああ。それは……クリキャップといいまして、使い道は――」

クリキャップはアルマさんで試した物を改良して、品物にしていた。カタリーナさんな

らよろこんで使ってくれそうだけど。でも……、同時に俺はこのままでいいんだろうかと

いう気持ちになっていた。

俺は誰を選べばいいのかというのは幸せな悩みなのだろうと思う。

ただ……、その先にあること……。誰かを選んだ瞬間、ほかのみんなが俺の元から去っ

てしまうのではないのかという不安がどうしても拭いきれない。

カランカラン――。

ドアベルが思考を中断させる。辛気臭い顔をしていたらお客様にも伝わってしまう。俺

は意識して笑顔を作ると、つとめて明るく振舞う。

「いらっしゃいませ！」

「ふん。本当に、噂に違わないな……」

しかしどうやらやってきたのは招かれざる客というやつだった。

髭を蓄えた偉そうな男。その後ろには彼の部下であろうか、四人の男が髭男に後れてぞろぞろと入店してきた。

この服装、役人か……？

「いらっしゃいませ。何が入り用ですか？」

「ふんっ！　こんないかがわしい店で買い物をするやつがあるか！」

連れの男たちもくすくすと笑っている。やはり客ではないようだ。

「見たところお役人さんとお見受けいたしますが……、当店になんの御用でしょうか？」

「なんの用も何もない。ここは卑猥な物を販売しているのだろう」

「卑猥だなんて……これは需要があって、必要なものを売ってるんです」

「しかし実際に街の風紀が乱れていると報告が上がってきている。原因がこの店だということもな」

「誰がそんなことを？」

「お前が知る必要はない！　とにかく街の風紀を乱すこの店は放置しておけないということだ！」

なんてことだ、と内心取り乱しつつできるだけ冷静に対応する。

「何か誤解があるようなので説明させていただきますと、これらは世の中の恋人たちを応援するためのアイテムで、決していかがわしい物ではないのです」

「言い訳は無用だ。いずれにせよ、ここでの販売は認められない。ゆえに一週間の営業停止を言い渡す。むろん一週間後に店が再開しても改善が見られないようなら……、今度は営業停止では済まぬぞ。これは命令だ」

髭の役人からの高圧的で一方的な宣言。そこに――。

「ご主人様は法に反するような物は販売していません！　いったい何がいけないというのですか！　営業の改善っていったいなんなんですか！　出店の許可だってちゃんともらっています！　違法な物も売っていません！　それを一方的にひどすぎじゃありませんか！」

どうしたものかと思考をめぐらせていると、横からビアンカが抵抗の声を上げていた。俺の代わりに怒ってくれている……、その気持ちがうれしかった。

ただ、この場で彼らに何を言っても無駄だというのも分かっている。現に偉そうな髭は表情も変えずに言うべきことだけを繰り返す。

「街の風紀を乱す。それが営業停止の理由だ。とにかく改善がなければ営業は認めん」

もしかすると……。

前々から予感はあった。いや、おそらくその予感は当たっているだろう。これは、きっと兄さんたちが手を回したのだ。

実の弟に対して、そこまでやるのか……。

「そんな命令なんて無効――」

「分かりました、ご命令どおり店を今日から一週間は店を閉めます。営業改善に向けて努力もします。なので、今日のところはどうかお引取り願えますでしょうか？」

「ご主人様⁉」

「ふん、分かればいい。さあ、帰るぞ。キサマに言われなくても、こんないかがわしい店になど一秒たりともいたくはないのでな」

偉そうな髭面の役人は、最後にそう捨てゼリフを吐いて去っていった。

営業停止の噂はアルマさんやユイカさんもすぐに知ることとなった。

エーディトさんもわざわざ工房を閉じて様子を見に来てくれた。思えば全員が集まるのはこれが初めてだ。

三人寄れば文殊の知恵……ではないが、せっかく俺の商売に関わっている人たちが一堂に会したので、自然と今後の方針についての話し合いが開かれることになった。

「彼らも、なりふり構ってませんわね」

「そうだね。でも、私としてはこのビジネスチャンスを逃したくはない」

貴族の力を知っているアルマさんと、そんな貴族たちを相手に商売をしているユイカさんがそう口火を切ると、エーディトさんとカタリーナさんも続く。

「あ、あたしも……せっかく作った物が売れないのは、困る……」

「私だって同じ気持ちよ。魔法石の鉱脈も見つかって、これからだっていうのに」

新たな魔法石の鉱脈の探索をお願いしていたカタリーナさんが「質は落ちるけれど、埋蔵量はバツグンの鉱脈を見つけたわ！」とうれしそうな顔で話していたのが先週のことだ。

もし万が一、このまま商売が続けていけなくなってしまえば、その魔法石も無駄になってしまう。

魔法石商人になるか……。いや、話を聞くと魔法石の価値はそれほど高くないのだという。それが良質の物ならまだしも、ごく一般的な魔法石であれば手軽に手に入ってしまう代物で、それが商売になるとは思えない……。

「負けていられませんよ。ご主人様」

悩んでいるのが伝わったのか、ビアンカが俺の目を見てそう言う。

「私にも策があるわけじゃありませんわ。でも、手伝えることならなんでもしますから」

「アルマさんのいうとおりです！　諦めなければチャンスはきますよっ。心配してもしょうがないですっ」

そうは言っても心配してしまうのがいまの俺だ。

自分ひとりならまだしも、いまではほとんど俺の専属鍛冶師になっているエーディトさんはどうするのか？　俺を信じてついてきてくれたビアンカはどうなるのか？　それに二号店の従業員だって……。

いままで築き上げてきた物が壊されてしまった気分だ。

議論は夜更けまで続いたけど、具体的な良案は出ず、この日はお開きとなった――。


「……はぁ」

俺はひとり、ベッドで物思いに耽っていた。

役人まで動いてしまった。この状況をそう簡単に覆せるだろうか？

しかし何もしなければ状況は悪くなる一方だ。知識を総動員して考える。

たとえば電マ――つまり電動マッサージ器はどうだろう。これを健康器具として売り出すのだ。健康器具であれば街の風紀を乱すとは言われないはずだ。しかもバイブとローターが作れるエーディトさんなら作ることも難しくないはずだ。

いや……、それでもほかの商品はどうする？　さすがにローターやバイブを健康器具と言い張るには無理がある……。

「この状況を打開するアイデア……、何か……、忘れているような……」

俺はまどろみの中で考える。

エログッズの制作を手伝ってくれたビアンカ、カタリーナさん、エーディトさん、ユイカさん、アルマさん……。結局、みんなとエッチなことをしちゃったんだよな……。

思考が逸れていくのが分かったが、眠い頭ではそれを元に戻すのも億劫になっていた。

「ビアンカ以外とはセックスまでしちゃったし……。妊娠していたら……」

ん？……いま、何か頭に引っかかったような？

セックス……、いや違う。そうだ、妊娠だ。

「これだ！　これならいけるはずだ！」

一週間で完成するかは微妙なところだが、そこはほかの商品の開発を止めてでもエーディトさんにがんばってもらうしかない。

一発逆転のアイデアを思いついた俺は、気がつけばベッドから飛び降りて机に向かっていた。まずは図面を描かなければならない。

「いける……、これなら……！」

寝ぼけた頭は完全に冴えていた。

朝一番で訪れた俺を寝ぼけ顔で迎えたエーディトさんは、差し出された図面を見ると一瞬で職人の顔へと変貌した。

「新しい、設計図……これは、何に使うの？」

「避妊具です。俺のいた世界じゃコンドーム、と呼ばれてたんですが」

エーディトさんは本来鍛冶屋だ。だけどエログッズを作る上で、いろいろな工程を人に任せている。樹脂の扱いに長ける人もいるだろうし、エーディトさん自身もできるかもしれない。

「コンドーム？　避妊具という言葉も聞いたことない……」

エーディトさんは当然と言えるリアクションをする。

「用途を先に言ったほうがいいですね。えーと……」

俺はエーディトさんに説明していく。彼女は相変わらず赤面していたが、それでも興味深そうに聞いていた。

「どうですか。作れそうですか？」

「時間はかかるかも……しれない。伸縮の都合とか、配合とか……考えないと」

エーディトさんは頼りになる。急なお願いにも無理だとは言わなかった。

「これを一週間でなんとか形にしたいのですが……」

「一週間……。なるほど、これが切り札ってこと……。分かった、ほかでもないクルトのお願い……、やってみる」

「外注にかかる費用は気にしなくて構いません。今回ばかりはスピードが勝負なので」

「分かった。知り合いを総動員してでも完成させてみせる。それに……いまはみんな、新素材……樹脂のノウハウはノドから手が出るほどほしい情報……。お金を出せば手伝ってくれる」

「心強いです。俺もどうせ店は開けられないので立ち会いますよ」

「それはありがたい」

こうしてその日から試作品を作っては何度も試した。

夕方にはビアンカもエーディトさんの工房に顔を出して応援してくれた。

はじめはぶ厚すぎて使えなかったり、逆に薄すぎて破れてしまったりと試行錯誤が続いたが、百戦錬磨の職人たちのメンタルは強靭だ。その失敗すらも「研究としては成功だ」と前向きで、品質は見る見る向上していった。

余談になるが、コンドームの強度テストは俺だけでなくエーディトさんが集めてくれた男職人たちも総出で手伝ってくれた。

本来なら女性を相手に使う物だがさすがにそれはできないとオナホを使っての実験となったが、初めてオナホを使った者は例外なく目を丸くしていた。

◆

そして5日目の朝……。

「できた……と、思う」

ギリギリのタイミングで、コンドームが完成した。

あとは二日後の店舗再開までにどれだけ量が作れるのかにかかってくる。

コンドームというものは一度発明されてしまえば必要不可欠なものになる予感があった。

単なる避妊だけじゃなく、感染症の予防という点でも優れた商品だと思う。

迎えた営業再開の前日。エーディトさんの工房から運ばれてくるコンドームを俺とビアンカが揃って陳列していく。昼にはアルマさんやカタリーナさんも手伝いに来てくれた。

「……どうかしらね。売れるといいのですけど」

「心配しなくても間違いなく売れるわよ、アルマさん。効果が実証されるまで時間はかかるかもしれないけどね」

カタリーナさんの見解は確かに正しい。

この世界じゃ定着してないものだ。避妊になるのか、と疑問を抱く人だってきっといる。

だけど、それ以上の需要があるような気もした。

「不安に思っても始まりませんよ。もう、売るしかありませんから」

俺は明るく言い放つ。世界に馴染まない、ということがあるにはあると思う。最初は誰も半信半疑だろう。それでも俺には確かな自信があった。

そしていよいよ営業停止が明ける。

一週間ぶりの開店だ。内心焦りもあったがその心配は杞憂に終わり、店を開けると、どこから噂を聞きつけたのかコンドームは飛ぶように売れた。

「こんなものよく思いつくな……樹脂が発明されてまだ間もないってのに……」

常連客のひとりが感心したように話しかけてくる。手には十二個入りのケースが三つも握られていた。

役人に目を付けられている店というのは周りにも伝わっているだろうに、これだけの売り上げだ、手応えも感じる。

俺は隣にいるビアンカとふたりでうなずいていた。あとはうまく立ち回るだけだ。

そして予告どおり、その日の昼過ぎには先日の偉そうな髭の役人が見せの様子を見に訪れてきた。しかし彼は苦虫を噛み潰したような表情を浮かべるだけで、結局何も告げずにすごすごと帰っていった。ひとことぐらい文句を言われるだろうと覚悟をしていただけになんだか肩透かしを食らってしまった格好だ。

「いったい……、どうなっているんでしょう？」

「さあ……。とにかくいまはお客さんの対応に集中しよう」

「そうですねっ」

それからもコンドームは売れに売れた。

エーディトさんたちが二日間フルに働いて用意してもらった在庫も、夕方には空になっていたので、少し早いが俺たちは店じまいをすることにする。

それから俺とビアンカ、それから朝から手伝いに来てくれたアルマさんが閉店準備をしていると、ユイカさんが顔を出してくれた。

「近くで商談があったからついでに寄ってみたが、流石だね。君は本当に商才があるよ」

「そうですか……？」

開口一番ユイカさんが激励の言葉をかけてくれる。ただそんな言葉より、俺とは比べ物にならないくらい多忙な彼女がわざわざ顔を出してくれたことが何よりうれしかった。

「今回ばかりはさすがに私も唸らされたよ。それに役人……いや、ここは正確に言おう。貴族に目を付けられて、ここまで健闘しているのは素晴らしい」

「このまま、ほかの商品も売れるようになればいいんですけどね」

「近い将来そうなるだろうと思うよ。貴族たちの意見も変わりつつある」

優れた発明というのは、広まるのを止められないからね、とユイカさんは呟いた。

病気を予防できるのであれば、俺の商売はある程度認めてもいいのではないか……という見方にもなるのかも。

「そうなればいいですけれどね……」

「いえ、なっていますわよ？　その辺の情報は私もお父様からある程度聞いておりますわ」

「どういうことですか、アルマさん？」

こういうときに俺だけじゃ知り得ない貴族たちの事情を内側から探ってくれるアルマさんの存在は本当に頼もしい。

「クルトさんのお兄さんたちですけど、もう口出しができないようですわ」

「……確かな情報ですか？」

「ある程度は。お兄さんたちから直接話を聞いたわけではありませんけど」

「私も似たような話を耳に挟んだから確かだろう。いまだにこの店が風紀を乱すと騒いでいる貴族もいるが、コンドームの噂を聞き、その効力をきちんと理解している貴族たちからは擁護の声もあがっているそうだ。ちなみにその急先鋒が、アルマのお父上だという噂もある」

「本当に本当なんですか？　もしそうなら、役人に目を付けられるからと取り下げていた商品を再販しても大丈夫かな……」

「問題はあるまい。そもそもが難癖みたいなものだ」

内心冷や汗ものだった。いくらアルマさんやユイカさんが大丈夫だと言っても、もしもがある。かといってタイミングを逃したり、過剰に臆病になったりしてもはじまらない。

いつ役人がくるかと脅えながらも、翌日からは在庫の再販をスタートすることにした。

そして数日。気づけば既存の商品に加えてコンドーム、それにある程度手の空いたエーディトさんにあらためて新商品として作ってもらった電マと合わせて、かつて以上の売り上げが出るようになった。

そんなある日のこと。

いつものように店にフラッと現れたユイカさんから信じられない情報がもたらされた。

「クルト。先日君のお兄さんたちに会ってきたよ。曰く『好きにしろ』だとさ」

その言葉を聞いて俺はようやく肩の荷が下りた気分になった。一号店もこれで守れる。ここまで応援してくれた仲間たちにも顔向けができる。

そして何よりビアンカを路頭に迷わせずに済んだことに安堵していた。

俺はふと思いを馳せる。

くるところまできた。今日は祝杯でも挙げたい気持ちだが、隣に誰もいない。

そのことが、無性に寂しく思えた。人というのは、ひとつずつ願いを叶えていく生き物だと思う。俺は願い、夢というものを既に叶えてしまったんだろう。

そこで、ずっと目をそらしていたものが顔を出した。

「……そろそろはっきりさせないとな」

商人としてはしばらく安泰だ。それでも、新しい物を作り続けないといつかは飽きられてしまうだろう。そこは、いままでもこれからも変わらない。

じゃあ俺はどうしたいんだろう。ただ富豪になりたいのか？　いや違う。

最終的には、幸せになりたい。

誰と……？

そう考えたとき、俺はひとりの女性を思い浮かべていた。

6章　異世界で俺はエロ経営のトップになりました

俺は、かつてのことを思い返していた。

いつも、側にいてくれた人のことを。

俺がずっと、あえて直視しなかった気持ちを。

ビアンカ――。

彼女がどうして俺を好きでいてくれるのかは知ってる。弟の姿を重ねていた、という話はもう聞いているし、ただそれだけが理由じゃないだろうというのも分かる。

ふたりで苦境に立ち向かってきた時間がある。それが、絆を強固にしてきたんだろう。

いまも俺の一番近くにいるのはビアンカだ。すぐ、声をかけようとしたらできる相手。

それはこの距離でずっと過ごしてきた、ビアンカだけだった。


翌日、ビアンカとふたりで店番と、商品の管理をしていた。

「……やっぱり、平日の昼間は客が少ないな」

これは、あえて言うまでもないこと。ビアンカも分かっている。

「そうですね。でも、こういう時間に店を開けておくことも大事ですよ」

他愛もない話。言うまでもないことをお互いに口にする。

「……なあ、ビアンカ」

俺は俺の気持ちが抑えられなかったわけじゃない。多分だけど告白にはタイミングというものがある。できるだけムードのあるときにするべきだとか。それを言えば昼よりは夜のほうがいいんだろう。普段の職場で言うなんてもってのほかだ。

だけど、俺とビアンカに限ってはそうじゃなかった。

「なんですか？　ご主人様」

「俺と付き合わないか。いや、付き合って欲しい」

「――――」

告白の言葉も言い直すくらいの関係。ここに至ってはあまり緊張はなかった。

ビアンカも、あまり驚いている様子はなかった。

少し恥ずかしそうな顔をするくらいだった。そう俺たちはずっと、こういう距離だった。

「ずっと、ずーっと待ってましたよ。私、何も思わずにご主人様に仕えてたわけじゃないですからねっ」

「待たせて悪かった」

「本当に。でも、付き合って欲しいなんて……そんなこと言われたら、もっと好きになっちゃいますよ」

「なっちゃう、なんて言い方はおかしくないか？　好きになってもいいだろ」

「そうなんですよね。私、自分の気持ちがよく分からなくって」

彼女の中にもいろいろな感情があるのだろう。ずっと主従関係を続けていたほうがいいんじゃないかとか、思っているのかもしれない。

「でも……うれしいです。私でいいんですか？」

「ああ。ビアンカじゃなきゃ駄目だ」

うなずくビアンカ。その日から俺たちは、単なる主従関係ではなくなった。

もちろんそれは昼間だけに限ったことではなかった。


その夜。

俺とビアンカは同じ家に住んでいる。そして、もう恋人であるわけだ。

当然、そういう雰囲気にもなる。

「どうしたらいいんでしょうね、あはは……」

「もしかしてビアンカは……その」

「は、はじめてです……。当たり前ですけど、まだ、誰ともしたことないですよ」

彼女はめちゃくちゃ緊張している。それは明らかだった。

「まずは……手でも握ってみるか？」

「それよりご主人様……、もう、私……」

それでいて、スイッチみたいなものが入ってしまったかのようにもなっていた。もしかして昼の告白以来、ずっと我慢していたのではないだろうか。

「私、これ以上堪えられません。欲しいです……」

彼女はそう言って俺のことを見つめ、服を脱ぎはじめた。

ビアンカに合わせて俺も服を脱ぐ。もちろん下着を含めてすべてだ。

「ごめんなさい。はしたないって、思いますよね」

「いや。俺も、ずっと待たせたから」

「ご主人様は悪くないですよ。全部、私が我慢できないのが悪いんです」

「そんなにネガティブにならなくても……くるときがきた、って思えばいいんじゃないか」

「……優しいんですね。やっぱり、我慢できないです」

服を脱ぐ途中、ビアンカはこんなことを言ってきた。

「……ご主人様のこと、名前で呼んでもいいですか」

「ああ。せっかく恋人同士になったのに〝ご主人様〟では他人行儀だもんな」

「じゃあ……クルト……様」

様を付けてしまったか……。それだと俺がまだ家にいたときの呼び名に戻ったみたいじやないか……。

「クルトでいいよ。もう、何も気を遣わなくていい」

「呼び捨てになんてできませんよ……せめて、クルトさんって言わせてください」

かなり長い間、俺に仕えてくれていたもんな。いまさら変えるのは難しいか。

「クルトさんは……、そのまま寝ていてください。私が、ご奉仕いたしますから……」

「分かった。ゆっくりでいい」

「はい……、それでは失礼して……」

そういってビアンカは仰向けに寝そべる俺の上に跨ってきた。目の前には大きな胸が俺の顔に覆いかぶさらんばかりに主張していた。

「ああ……私から、しちゃうなんて……」

ビアンカは、まだ自分からするかたちになっているのを少し後悔しているようだった。しかし彼女が跨る際、太ももにたらりと愛液が垂れていたのは見逃していない。彼女もこれから起こることに期待しているのだ。

「はぁ、はぁ……私、ご主人様……クルトさんと、繋がっちゃう」

ビアンカは俺のペニスを右手で握り、ゆっくりと腰を下ろしていく。

亀頭が彼女の秘所に触れた。

「ここまで長かったな」

感情があふれ出してくる。ビアンカと、一緒になる……繋がろうとしてる。

「はぁあぁ、やっぱり、怖い……んんっ」

「無理しなくていい。ゆっくりでいいよ」

そう言いながらもビアンカのおまんこがペニスを迎え入れるその瞬間を待っていた。

ペニスに何かが触れた。亀頭の先だけ温かい感覚……。それがやがて亀頭からカリ、そして根元まで移動してくる。

「くうううっ。入ってくるっ、あぁ、はあぁあぁあぁぁぁ！！！！」

ビアンカが俺を迎え入れてくれたのだ――。

ようやく繋がった。

その事実だけで射精してしまいそうになる。

「痛……、けどっ。思ったほどじゃない……。これなら、動けそうですよ……いきますからね」

そう告げてビアンカはゆっくりと上で動きはじめる。

彼女の膣がペニスをしごく。きつすぎて、こっちが痛いくらいだ。

俺がそんな気持ちになるくらいだから、彼女は余計そうだろう。それでも、彼女がしてくれているのがうれしかった。動いてくれるのがうれしかった。まるでこれが現実のことは思えないくらいだった。

「ビアンカ、もっと動いてもいいかい？」

「はい……クルトさん……もっと、気持ち良くしたい」

ビアンカはそう言って求めてくれていた。ふたりで高まっていく。ビアンカの動きに合わせて豊満な胸が上下に波立つ。その光景に興奮が募る。

「このままでは、すぐに出てしまいそうだよ……」

ビアンカにそう告げると、彼女は動きながら幸せそうに微笑んだ。

「良かったです。私の中で、感じてくれてるんですね」

そう言いながら、俺のものを飲み込んでいる。ペニスへの刺激はもとより、下腹部に感じるビアンカの重みが心地良い。

ふと顔を上げると、ビアンカの目には涙が浮かんでいた……というか、少しこぼれている。相当に痛いのだろうと思う。だけど、我慢してまで俺に尽くしてくれている。

そんな彼女がかわいくて堪らなくなっていた。

セックスの最中でも俺のことを考えてくれている。ビアンカのことをどんどん好きになる。俺は俺自身の気持ちを抑えられなかった。

彼女はさらに動き続ける。先ほどまで波立つくらいだった胸の動きが、いまでは激しく上下に大きく揺れていた――。

「んっ……はぁ……。クルト……さんっ、どう……ぁ、……すか……」

「くはぁ……、んっ……、最高だ……よ、ビアンカ……」

ビアンカが声を上げながら、俺のことを求めている。それだけでイキそうになる。

気づけばシーツはぐっしょりと濡れている。

「はぁ……！　わたしが……、ご奉仕しないと……いけないのに……、感じちゃっ……んんんんっ！！！！」

探り探りといった腰使いが、いつの間にやら蛇のように妖艶に……、前に後ろにくねるような動きに変わっている。

「ビアンカ……、ダメだ……。それ以上やられると……出る……」

「クルトさんっ、の……、すごく大きくなってる……っ！　はぁ、はぁ、だめ、止まらないっ！　いいの……、イッてください……！　何度出してもでもいいからぁぁ！！！！」

このままではビアンカの前に俺が達してしまう。

しかしせっかくの初体験だ。一緒にイッてあげたい。そこで俺は気力を振り絞り、下からビアンカを突き上げるように動きだした。

「んんんあああぁぁぁ——！！！　うご、うごか……ない、んんんっ……で、わたしが……気持ち良く……させるの……んんんっ！！！」

ビアンカはいやいやをするように首を振ると、必死になって俺の腰を押さえつけてくる。

しかし、彼女が腰を振っている以上、その制止は無意味だ。俺はビアンカの腰の動きとタイミングを合わせながら無言で突き上げていく。

「ど、……んんっ、うして、止めてくれない……のっ‼　ご主人様にご奉仕……んんっ、させるなんて……はぁあああぁぁぁぁぁ！！！　ダメなのに……んんんっ！！！」

「ほら、またご主人様といった……。これはお仕置きだっ……ふんっ！」

「ふわわわわぁぁぁぁっぁ！！！！！　ふ、ふか……ぃぃぃぃ！！！　わたし、気持ち良く……なっちゃううぅぅうっぅ！！！」

俺のものは普段ではありえないくらい張り詰めていた。もう射精をコントロールするのは難しそうだ。ならばその前にビアンカをイカせてあげるしかない。

彼女の腰が逃げないように、両手で太ももをしっかりと掴み、下からビアンカを突き上げ続ける。

「あぁ、体が溶けちゃう……、はぁあ、クルトさんの、すごく……熱いのっ！！！！」

彼女とふたりで高まっていく。このまま絶頂まで駆け上がる。

ビアンカは興奮をさらけ出して、とろけた表情をしていた。

「クルト……さんっ！　イク……、わたし……イッちゃいます！！！！！」

「俺も……もうじき出るっ、はぁ、ビアンカっ……ビアンカっ！！！」

ビアンカが感情を高めていく。もうイクようだ。

俺もまた、射精が近づいてきている。もう耐えていられない。

「もう出る……中に出すからなっ」

「出して、私の中に全部注いでっ‼ 私をクルトさんの物にしてえええぇぇ！！！！」

これ以上は我慢していられない。もう耐えきれない。

「はぁ、はぁ、クルトさんっ、イカせて……！ 私のこと、駄目にしてぇ！！！」

「お前はもう俺のものだ。誰にも渡さない！」

「うれしい！ うれしいです……クルトさんっ！！！！ 私もう……幸せすぎて……あ、あ、あぁ、ああ、ぃ……ック……いく、イッちゃいます！！！！」

「俺もだ……んくっ――――！！！！」

「ィ……クッ――――、ん……、んんぁあああああああああああああ、はうううううううううううっ！！！！！」

ビアンカの嬌声を聞きながら、俺は何度も彼女の中に精を注ぎ込んでいく。

「んんぁあああああああ……、熱い……、熱いのが……、流れ込んで……んんぁ……はあああああっ……」

どうやらビアンカも一緒にイケたようだった。俺の腹の上で何度もびくびくと跳ねたと思うと、俺に覆いかぶさるようにして体を預けてきた。

「クルトさん……気持ち良かったぁ、あううぅぅう……」

「俺もだよ、ビアンカ」

激しく振り乱された髪を優しく撫でて、愛おしい人の顔をのぞき込んでみる。とても幸せそうな顔だった。

「あぁ、見ちゃ駄目……こんなところ、見ないで」

むしろそんな顔だからこそ見たいのだが……。

だから顔を背ける代わりに、右手でその頬を撫でるようにして聞いていた。

「ビアンカ、イケたか」

「クルトさんこそ……、気持ち良かったですか？」

お互いのことを気にし合う。ということは、お互いにイケた証でもあった。

「なんだか、似たもの同士だな。俺たち」

俺はふと、思ったことを口にする。

言われて、ビアンカは柔らかい表情でうなずいた。

「きっと、そうですよ。私とクルトさんは……ずっと一緒にいましたし」

そんなことを言ってくるビアンカが愛おしくて、俺はそっと顔を引き寄せてその唇にキスをした。

「はぅ……んんっ……ぷはぁ……。ふうっ……クルトさん。そんなことをされると……、私……、もっと、したくなっちゃいます……」

初体験が終わったばかりだというのに、彼女はまるで思春期の男子のようなことを言ってくる。それくらい求めてくれているのはうれしいけど……。

「焦りすぎだよ、ビアンカ。もっとゆっくり楽しもう」

ビアンカにそう言って、少し落ち着かせる。しかし獣人族である彼女の発情は止まらないらしく、俺のペニスにあそこをこすりつけはじめていた。

「はぁ、ううぅぅう……入れたい。ゆっくりって言われても、辛いですよぉ……」

目つきが怪しい……。この目は以前、ビアンカに媚薬の試作品を使ったときに見たものと似ている。

「お願いです……させて、ください。ほらぁ……、クルトさんのも、こんなにガチガチに……なってるじゃないですか……」

彼女は苦しそうに言ってくる。これ以上焦らすのは酷だろう。

「そこまで言うなら、ビアンカのペースでやってくれていいよ。俺は、逃げたりしないからさ。焦ることはないと――んんっ!?」

俺の言葉が聞こえているのかいないのか、ビアンカはもう入れようとしていた。

相当に感情をたぎらせている。そして……今度は躊躇《ちゅうちょ》なくペニスを飲み込んでいた。

「あううううぅっ……くる、きてるぅぅ。はぁあ、お腹が疼いちゃう！！！」

そして彼女は今度は欲望の赴くままに動き始める。入れてすぐのことだった。

初体験は心のどこかに「俺のため」という思いがあったのだろう。しかし二度目の今回は

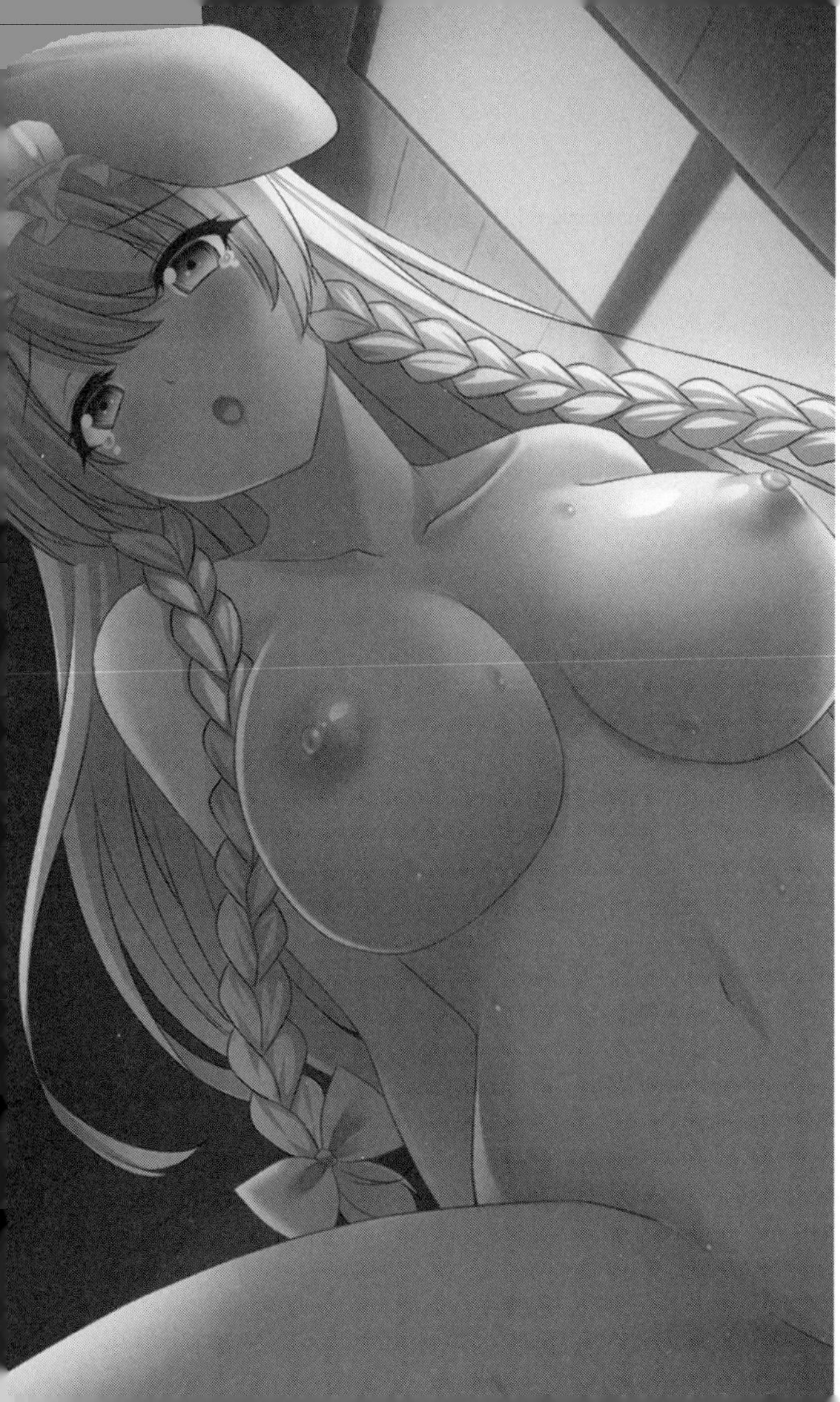

違う。単純に性欲のままに、がむしゃらに快楽を求めている。

「あっ……んんっ、はあああぁぁぁぁ！！！　やっぱり気持ち良い、クルトさん……、これ……気持ち良いですっ！！！」

ビアンカの体は熱くなっていた。あそこは溶けてしまいそうなほどに熱い。

このままお互いの全身が混じり合ってしまうような錯覚がある。

「俺もっ……気持ち良いよ、ビアンカ」

彼女にそう告げながら勃起を強めていた。

彼女もまた、クリトリスを充血させていた。乳首も、硬くなっている。

「あぁ、クルトさん……こんなに近くに、はぁ、あああぁ！！！」

ビアンカにとって、俺が側にいることがひとつのよろこびなのだろう。

俺も似たようなものだからその思いが伝わってくる。

「もう、駄目……イキそうですっ、はううう、うぁああ」

ビアンカは俺より欲情している。俺より先にイクらしかった。

流石に、俺だけイケないというのは辛い。だけど、彼女が達するのを止められない。

「イキたかったら、イっていいよ」

俺はそう言いながら、何もしないでいた。

彼女は抽送を強めて、そのまま高まっていく……！

「はぁぁぁぁ……んんっ、くうっ。ふぁぁぁぁ。はぁぁぁぁんんっ‼」

びくびくと震えながら、彼女は達した。

当然ながら、動きが止まる。俺は、ギリギリのところでおあずけを食らってしまった。

「……ビアンカ。イった？」

彼女はこくこくとうなずきながら、冷めない快楽を感じているようだった。

いじらしい。では、ここからは攻守交代といこうか。

「ちょっと辛いかもしれないけど、我慢して」

俺はそう断って、彼女のことを突き上げていった！

「あううううっ！　やだっ、だめえぇぇぇ、イったばっかりだからっ」

ビアンカは抗議の声を上げるが、やめられない。

俺は射精したくて堪らなくなっていた。ここでやめるなんてできない。

俺はビアンカの体を下から突き上げて、快感を得ていた。

イッたばかりの彼女も相当な刺激を受けているに違いない。

「本当に、だめ……っ、頭真っ白になっちゃう！！！！！」

彼女は欲望のまま動き、最高のタイミングで絶頂し、いまはその余韻を享受していたところだ。そこに再びの刺激……、おかしくなるのも当たり前だ。

「くううっ、クルトさん、っ、もうやめてぇ、壊れちゃううぅう！！！」

やめて、とはっきり口に出す。それでもやめない。

「ここでやめるなんて、できないよ」

俺は彼女の体を求め続けていった。ビアンカの表情がゆがむ。強すぎる快楽を受けて、涎《よだれ》を垂らしながら、いやらしい顔をさらしていた。

「俺も、もうじき出るから……それまで我慢して」

「我慢……、我慢なんて……できないからぁ！！！！！！」

彼女はいままでで一番強いかってくらいの喘ぎ声を上げていた。だけど、気にしていられない。彼女のことを愛する。耐えきれないほどの欲望が、俺を突き動かしていた。

「イクっ、もうイキますっ、ぁあうううううぅうううっ！！！！」

もう一度、イクと口に出すビアンカ。俺もまた同じだ。

お互いに限界が近づいてきている。もしかするとビアンカに関しては、限界を超えているかもしれない。

「もう、出るっ。いくぞ」

いよいよ射精が近づき、俺は彼女の中で放とうとしていた。

「はあああぁ！！！！　ダメダメダメダメエエエエ！！！！！　いま出されたら、どうにかなっちゃううっ‼　意識、飛んじゃうぅぅぅぅぅぅぅ！！！！！」

それでも俺はビアンカの体を貫き続ける。結合部からは愛液が止めどなく溢れ出ている。

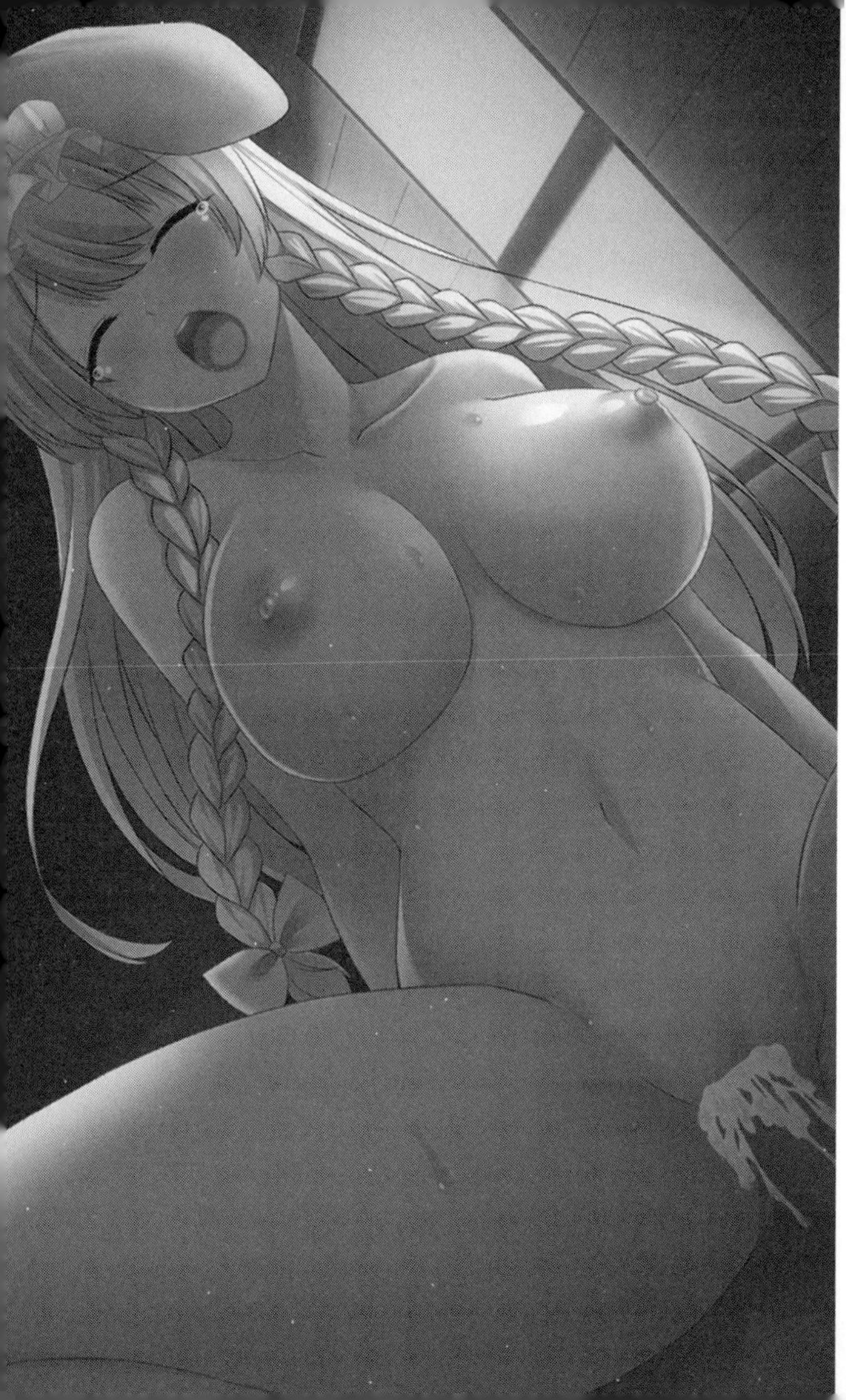

初体験では一緒にイクことができたが、二度目はビアンカが先にイッた。ならば三度目は多少強引でも俺の快楽を優先してもいいだろう。

「あぁぁぁぁぁ……、ダメ……、壊れちゃう！　わたし、もう……分からなくなっちゃう……んんっ……んんあぁあぁぁぁぁぁ！！！！！！」

彼女は極点を超えて快楽を受けている。涙をこぼしそうになりながら感じていた。

そして、俺も射精を迎える……！　もう、出る！

「んんんんんんんっ、んっっっっっっっ――――！！！！！！！！！！！！」

「くっ……！！！！！！」

ドクンドクン……。

彼女の中に精液を放つ。何度も、断続的に。

やがてゆっくりと快楽の波が引いていく……。俺はその感触を、惜しむように味わっていた。

「はぁ……っ、気持ち良かったよ。ビアンカ」

「わ……、たし……も……、はぁ……はぁ……、です……」

ビアンカは俺の胸に全体重をかけて倒れこんでいた。深く息をついているのも伝わってくる。その重みが心地良い。

俺は両手で体を包み込むと「もう離さない」という思いを込めてギュッと抱き寄せた。

そしてその後もどちらからともなく求め続けて、気づけば夜が明けていた――。


ビアンカと結ばれた。

それから数日は幸せな日々が続いた。

しかし禍福は糾える縄の如し。幸せなことがあっただけ、厄介ごとも同時にやってくる。

「え……？　いま何と言いましたか、ユイカさん？」

「君の作ってるもので怪我をしたという噂が流れている。どこの誰が広めているのかまでは分からないけど、人の足を引っ張るのが好きな輩はどこにでもいるものだな……」

まだ開店前だというのに、ユイカさんが店にやってきてそう教えてくれた。

悪い噂。俺の商売を良く思ってない人が流しているんだろうか。

「……本当に、怪我をしたのでしょうか？」

隣にいたビアンカがユイカさんに質問する。

俺にぴったりと寄り添うビアンカの姿を見たユイカさんは何かを察したように好相を崩したが、それも一瞬で、あらためて真剣な表情を浮かべては問いに答えていく。

「おそらくデマの類だろうね。同時多発的に、同じ噂が立ってる。しかも別の商品でだ。私は意図的なものを感じるね」

どうやら誰かが嫌がらせをしているらしかった。

たしかに今日までクレームをつけるような人が店に現れたことはない。ということはあくまでも俺の店の悪評を流すためだけにやっていることだと想像がつく。

しかし誰が――？

最近ではエログッズを扱う店も出てきたが、商品の悪評を立てるのは自らの首を絞める行為にも繋がりかねないのでその線は消えるだろう。そもそも噂なんて面倒な手段ではなく、商品を完全にコピーしたほうが効率的なのだから。

では店に営業停止を突きつけてきたあの髭の役人はどうだろう？　それを告げるとユイカさんも同じように考えていたようで、すでに確認済みだという。結果はシロ。

だとすれば俺に対して個人的な恨みを持つ人間がいるのだろうか。そうだとしても、心当たりがない。いったい誰が……。

カランカラン――。

そんなことを考えていると店の扉が開く音がした。ユイカさんが来たときに鍵を開けたまま閉め忘れていたらしい。

「あれ、お客さんかな？　すみません、まだ開店前なの……えっ⁉」

「客ではないよ」

「ヨーゼフ……兄さん⁉」

「そんなに驚くなよ。遊びにきてやったんだ」

そこにいたのはランメルツ家の次男ヨーゼフ兄さんだった。

「なんでまた、こんな時間に」

「いや。ビアンカと付き合うことになったんだろ」

「ああ、あの手紙……もう届いてたのか」

そう。俺はビアンカと正式に付き合うことになったという手紙を送っていた。ビアンカは恥ずかしがったが、それでもいちおうは元貴族とその使用人。筋は通しておきたいと最後は俺が押し切るようなかたちで送ったのだが……。

「あれはまずかったな。おまえとビアンカの交際は黙ってたほうが良かった」

「どうして？」

「……兄さんが怒ってる。じつは兄さんはビアンカが好きだったんだよ」

「え……？」

点と点が繋がった。実家に送った手紙、商品へのデマ、同業者ではない、そしてヨーゼフ兄さんの言葉。

「そういうことだったんですね。エーミール様が私のことを……気がつかなかったです」

「おまえらは揃って鈍感だな……。兄さんは露骨なくらいビアンカに惚れてたよ」

「でもエーミール兄さんなら、結婚してるじゃないか」

「してるよ。だけど、上手くはいってない」

そうなのか……。いや、エーミール兄さんならありえそうだ。

「とにかく、そういうことだから。気をつけたほうがいい」

「ありがとう、ヨーゼフ兄さん。俺ひとりじゃ、何が起きてるのか分からなかった」

「礼はいい。おまえは俺にとって……、兄さんにとっても、大事な弟だからな」

大事な弟――か。

これまでの俺なら何をいまさらと思ってしまうところだが、ビアンカと結ばれたいまなら分かる。ヨーゼフ兄さんは心からそう思って俺に忠告をしにきてくれたのだ。

そのヨーゼフ兄さんの来訪から時間をおかず、今度は事の張本人が姿を見せた。

「いらっしゃいませ……あっ」

「久しぶりだな。ビアンカ。それからクルト」

「エーミール兄さん……、いったいどうして？」

「ああ。今日はビアンカに伝えたいことがあってな」

彼はもうなりふり構っていられないようだった。

「ビアンカ、本気でクルトと付き合うつもりか？」

「本気でというか……もう、付き合ってますよ」

「そうか。どこまでした」

「そ、それは……」

「何が言いたいんだ、兄さん。手短に頼むよ」

「なら端的に言おう。ビアンカ」

ビアンカのほうに向き直る兄さん。そして――。

「いつ駄目になるか分からない商人と一緒にいることはない。おまえだけでも帰って来い」

……なんて言ってきた。本当に、徹底的に対立するつもりらしかった。

「そう思ってても、言い方ってものがあるだろ」

「手短にと言ったのはそっちだ」

エーミール兄さんはかなり苛立っているようだった。俺とビアンカがどこまでの関係なのか、本当に気になっているのかもしれない。

「……悪いですけど、私は、クルトさんの側を離れません。少なくとも、エーミール様のところにはいきません」

俺のことはさん付けで、兄さんのことは様付け。それが、すべてを物語っている気がした。

「ふっ……そうか。そう言うなら、身をもって思い知るといい。貴族の力というものをな」

しばらく見ない間に、兄さんの傲慢さには磨きがかかっているようだった。

「そもそも、大手を振ってできる商売じゃないだろう。取り締まるように動くことだってできるんだ」

「大人げないな。兄さん」

「大人げなくて結構だ。お前が手に入れた物で、俺が手に入らないものなんてあるはずがないのだからな！」

バタン――。

そんな捨て台詞を残して、エーミール兄さんは去って行った。こんな子供じみたことをするからビアンカから嫌われるんだ……なんて、余計なことまで頭をよぎった。どうやら兄さんは俺の商売が立ち行かなくなれば、ビアンカが自分のところに来ると本気で考えているらしかった。

拙い……、あまりにも拙い考えだ。

それにしても商品の悪評だ。最初は無視しようかと思っていた。しかし街を歩くと、ひそひそと噂話が聞こえてくる。それは俺の商品で怪我をしたというだけじゃない。コンドームが不良品で避妊の効果がなかったとか、そういうことまで言われている。

無視できなかった。俺のことはともかく、仲間の努力の結晶を貶されて黙っているほど俺も大人ではなかった。

「……兄さんには悪いけど、俺もやれることをやるだけだな」

俺は負けじと商売を拡大していくことを選んだ。対立は深まっていくばかりだけど、仕方ない。

兄さんが手出しできないくらいの大商人になって、今度は俺がぎゃふんと言わせてやる。

このときは本気でそんなところまで考えていた――。

次の日。アルマさんが店を手伝いに来てくれていたので、俺は事の顛末を話していた。もちろん貴族に対抗するには貴族の力を……という、打算がなかったわけではない。

「それは困りますわね。お兄さんが……」

「そうなんですよ。このまま何もないということは、たぶんないですから」

「だけど、男の人も嫉妬ってするんですね……」

それはそうでしょう、と返す前に、男の人「も」という部分に引っかかった。

かといって、アルマさんも嫉妬するんですか、とは言えなかった。俺とビアンカがくっついたことに、何も思ってないはずはない。

「な、なんですか！　どうして黙ってしまいますのっ」

「い、いや。なんでもないです。とにかく、兄さんのしてくることを放っておくわけにはいかないよなと……」

「そうですわね。私もお力になりますわ」

こうしてビアンカも交えて、俺たちはエーミール兄さんにどう対応するか考えた。

「そもそも、ビアンカさんを巡ってのことなんですわよね？」

「ええ。アルマさんの言うとおり、嫉妬だとは思いますが」

「でも、結婚されてるんですわよね？　私には、不思議に思えますわ」

「それは、確かに……」

エーミール兄さんが、奥さんと上手くいけばそれで問題ないのか。かといって、俺が何かできることでもないしな……。

「クルトさんは何も心配することなんてないんですよ。だって私はもう、クルトさんのものですから！」

横からビアンカが胸を張って宣言すると、それを聞いたアルマさんは「はいはい、ご馳走様」とため息をつく。

「かといって、商売の邪魔をされるのは困るしな……」

俺は考える。事態の解決にはどうしたらいいか？　このまま対立しても、何も解決しない。兄さんが邪魔できないほどの大商人になってしまえば別だけど、相手は貴族だ。本気本気になれば、仮に俺が大商人になったとしても邪魔してくるかもしれない。

「話を戻しますと……。結婚されているのになぜクルトさんのお兄様は、ビアンカさんに執着されているのでしょうか？」

「エーミール兄さんは奥さんと険悪なんだそうだ……って、そうか。もしかすると……」

「あら？　その顔は何か思いついた顔ですわね」

「いや。思いついたというか、ふたりはどういう感じで険悪なのかと思ってさ」

「どういう感じで……といいますと？」

「いや、男と女の関係は夜の営みが上手くいくと、だいたい円滑に回るもんなんだ。だからもしかすると……、エーミール兄さんと奥さんは、セックスレスなんじゃないかなと思ってさ」

「それですっ！　きっとエーミール様と奥様の夜の営みが上手くいけば、昔の仲睦まじい夫婦に戻ってクルトさまに構っている暇なんてなくなると思いますっ」

たしかにそうかもしれない。

もしかすると余計なお世話になってしまうかもしれないが……兄さんにとっても俺たちにとっても良い方向に事態が転がっていくかもしれない。

「そうですわね。それならクルトさんの専門分野ですし、私の両親がそうだったように、解決できるに決まってますわ」

邪魔してくる相手に対抗したり、力に訴えたりする争いはどうも苦手だ。だけど、これから俺たちがやろうとしているのはそれとは真逆の方法であり、もっと根本的な解決策でもある。そうだ。俺は兄さんたちに、うまくいってもらいたいんだ――。

思いついたら、すぐに行動に出ていた。

俺はいくつか販売しているエログッズを持って実家へと向かう。ビアンカはあえて連れて来てない。もし顔を合わせてしまった場合、兄さんの神経を逆なでするこ とになるからだ。

久しぶりの実家。いま思うと俺はこんなに大きな家に住んでいたのか……。

大きく深呼吸をして呼び鈴を押す。すると見知った執事が玄関までやってきて応接間まで案内してくれた。そこにいたのはヨーゼフ兄さんひとりだった。

「良く来てくれたなクルト。

「いや。逆にいいタイミングだよ」

そう言って俺はヨーゼフ兄さんに荷物を渡した。

「これは？」

「兄さんが、奥さんと上手くいってないって聞いたから、プレゼントだよ」

権謀算術に長けるヨーゼフ兄さんは、荷物の中身をちらと見るとすぐに俺の意図に気がついたようだった。

「……なるほどね。確かに、兄さんが奥さんと上手くいってないのって、そこなんだよ」

「やっぱり、そうなんだ。それなら効果もありそうだ」

「クルトが贈ってきた、とは言わないほうがいいな」

「そうだね。ヨーゼフ兄さんからの贈り物ってことにしてほしい」

「分かった、任せてくれ。兄さんにはそう伝えておくよ」

奥さんと上手くいけば全部解決するんだ。ビアンカを狙ったりもしなくなるだろう。

「……これで、上手くいってくれるといいけど」

エーミール兄さんは俺の販売している物だと知れば、使わないだろうか？　それでも、ヨーゼフ兄さんが買ってきたとあれば、少し試そうとはするかも。ふたりは対立してるわけでもないだろう。俺はそんな期待をしながらビアンカが待つ自宅に帰っていった。

◆

いくつかの昼と夜が過ぎる。その間も、ビアンカのことを求めていた。

思えば俺がまともでいられるのも、ビアンカのおかげのような気がする。

エーミール兄さんは、そんな支えを失ってるんだろうな……。

そんな思いを胸に、俺はビアンカを連れて再び実家へと向かう。

「今日はどうなるのか予想がつかない。だから、ビアンカは俺と兄さんの話し合いが終わるまでは、どんなに俺がひどいことを言われようが口を挟まないでほしいんだ」

「はい。私はクルトさんを信じています」

あれから十日は過ぎている。何かしらの効果はあってもおかしくない。今度はあえてエーミール兄さんが確実にいる休日の昼間を狙って訪れた。そして予想どおり、エーミール兄さんは在宅していた。

「クルトです」

しかめるけれど、約束どおり言葉は挟まなかった。

「なんの用だ」

エーミール兄さんは相変わらずぶっきらぼうな態度を取っていた。隣のビアンカが顔をしかめるけれど、約束どおり言葉は挟まなかった。

「なんの用ってわけでもないんだけど……その……」

しかしいざとなると「義姉《ねえ》さんとの関係はどう？」なんて切り出せなかった。上手くいってなかったら俺はそこからどうつなげることもできない。しかし……。

「……お前から用がないなら丁度良かった。礼を言わなければならなかったんだ」

「え……？　いま、なんて……」

「お前の作った物は、本当に効果があるんだな。恐れ入ったよ」

「……試してくれたんだ」

「妻のあんな姿は久しぶりに見たよ」

なんて言いつつも、彼の表情はなんだか少し気恥ずかしそうなものだった。

「効果があったなら良かった。作った甲斐があったよ」

「俺も、お前を見る目が変わったよ。訳の分からない商売でビアンカを奪っていったと思っていた。でも実際に使ってみて分かった。本当に必要な商売なんだな。俺はおまえに救われた」

「そこまで言わなくていいよ。でも、そう言ってもらえるとうれしい」

「いままで、邪魔をしてすまなかった」

「いや、俺も兄さんと喧嘩別れをしたくなかったから……」

こうして突然降りかかったトラブルは急転直下で一件落着。

なんだか北風と太陽みたいな話だなと思った。

向けられた敵意をどうするか、じゃなくてどうして敵意を向けてくるか、というところに注目するべきだったんだ。

「……うれしそうな顔をしていますね、クルトさん」

これまで事の成りゆきを黙って見守っていてくれたビアンカが、一件落着を見届けると慈愛に満ちた口調でそう告げてきた。

「そ、そうかな。普通だと思うんだけど」

「良かったですね、仲直りができて……」

「ああ……、うん……」

そうか。俺は兄さんと仲直りがしたかったんだ。

家を追い出されたとはいえ、兄弟の縁まで切れてしまうわけではない。それに元はといえば、俺になんの才能もなかったことがそもそもの原因なのだから……。

そう思っていると、頬に熱いものが伝わってきた。俺は、泣いているのか？

「なんだ、クルト。おまえはいくつになっても泣き虫だな」

「エーミール兄さん……」

「もっと自分に自信を持て。もっと堂々としていろ。おまえは私と妻だけでなく、もっと多くの恋人たちを救ってるはずなんだからな」

「そうです、クルトさん。もっと自分の功績を誇りに思ってください」

功績か……。そうか、俺……誇りに思ってもいいのかな……。

エロ経営で……この世界の……、トップに……立てたのかな……。

そんなことを考えると、止まったはずの涙がまた溢れ出してきた。

隣ではビアンカが俺の手を握ってくれていた——。

エピローグ

エーミール兄さんとの一件が解決してからは公私共々平和な日々が続いた。以前は営業停止を言い渡してきた髭の役人さんも、いまではうちの常連さんのひとりとなっているのだから人生何があるか分からない。

常連といえばカタリーナさんもそうだ。魔法研究者として日夜研究に勤しみながらも、「息抜きよ」なんていいながら三日に一回は商品を買ってくれている。

エーディトさんはいま国中で開発合戦が進んでいる樹脂加工の分野で有名になり、新進気鋭の鍛冶師として引っ張りだこだ。そんな中でも俺の店の商品を優先してくれるのだからありがたい話だ。

ユイカさんは相変わらず趣味と実益を兼ねてさまざまな国を旅している。ときおり帰ってきては聞かせてくれる思い出話が楽しいんだけど、「これを見て何かインスピレーションは湧かないか？」と買ってきてくれる妙なお土産には少し困っている……。

アルマさんはアルバイトとしていまも俺の店を手伝ってくれている。貴族の娘がエログッズ店で働くことに抵抗はないのかと思ったが、まあ俺も似たようなものなのでお互い様といったところだ。

ちなみに俺はあの一件からすぐ、正式にランメルツ家に復縁しないかという打診があった。うれしい話だったが貴族に戻ってしまうとこの店をたたまなければならないこともあり、「俺はこのまま商人を続けたいから……」と丁重に断ることにした。それでも実家との仲が悪くなることはなく、コンドームに関しては「ランメルツ家公認」というお墨付きを与えてくれたのだからありがたい。もちろんそこから出た利益の一部は家に入れることになっていて、いまではＷＩＮ－ＷＩＮの関係になっている。

実家といえばエーミール兄さんは義姉《ねえ》さんといまも仲良くやっているようだ。どうやら兄さんたちの噂を聞いた父さんと母さんも俺の作った道具を使ってくれているようで、ヨーゼフ兄さんは「もしかすると甥と弟が同時にできるかもな」なんて笑っていた。

そしてビアンカ。

彼女はいまも俺の隣にいてくれている。あの日からちょうど一年。俺はそろそろ結婚もと考えてはいるけど、生来の優柔不断によりあと一歩が踏み出せないでいる。

とは言うものの、ビアンカとはうまくやっていると思う。今日もまた、こうしてふたりでイチャイチャしているのだから……。

「クルトさんっ……。こんな、ところで……ダメですよっ」

実家からの帰り道。兄さんの好意により街外れまで馬車の送迎を付けてもらっていた。その馬車の中には俺とビアンカのふたりきり。やることはひとつだけだ。さすがにセックスまではしなかったけど、改良したリモコン式のバイブを使って思う存分イチャイチャしていた。

俺の魔力があってこそのリモコンなのでいまのところは実用化は難しいが、いつかはこれも商品として売り出せたら……なんて思ってもいる。

そんなリモコン式のバイブでビアンカをいじめていたところで、俺はあることを思いついていた。

「なあビアンカ。馬車を降りてもこれをそのまま、挿れていられるか？」

「んっ……、このまま、ですか……？　はっ……、ぅ……できると……、思いますけど」

「スカートは履いて構わないが下着は脱いだままでいい。さあ行こう」

「行こうって……、な、何を言ってるんですか！」

彼女の体にバイブを入れたままで立ち上がらせた。

ビアンカは戸惑いながらもバイブを膣に挿入したまま馬車を降りる。やがてもう引き返せなくなったところで何をするのかをビアンカの耳元で囁《ささや》いた。

「露出プレイだよ。興味あるんじゃないか」

「ぁ……、そっ、そんなこと……ない、です」

どうだろう。ビアンカは見るからにMっぽい。彼女なら、俺のすることを受け入れてくれるんじゃないか。

「まぁまぁ、やってみたら意外といいかもしれないだろ。ほら」

俺は無理矢理彼女の手を引いて、街へと向かうことにした。

街につくころには夜。彼女は、人が増えてくるたびに羞恥《しゅうち》を強めているようだった。

「こんなの、んふぁ……、ばれちゃいますよ……。もう、どこかで外させて……」

「そう急ぐなよ。せっかくだから、楽しもう」

彼女はいますぐにでもバイブを外したいらしかった。

「んんっぁ……。も、もうだめ……歩けない」

ビアンカがよろけそうになる。やはり、もう限界か。

俺は、彼女を連れて路地裏まで向かった。

「スカートをまくって見せてくれ。ビアンカ」

「できませんっ……路地裏っていっても、人がくるかも……」

「イカせてあげるから、してくれよ」

「うぅ……強引ですよ、クルトさん……」

馬車による長い行程のため日はとっぷりと暮れていた。ただ、こんな時間でもビアンカの言うように人が来ないとは限らない。だが誰も来ないと分かっていたらいつものプレイと変わらないのだからこれでいいのだ。

「はぁ、はぁ……見られてる……、いま大通りを通った人がこっちを見てましたからぁ……、んっ……、あああぁぁ……」

そういいながらもビアンカは命令どおりスカートをたくし上げてくれた。馬車を降りたときから挿っているバイブは、彼女に刺激を与え続けていたようで、良く見るとねっとりとした液体が太ももを伝って足にまで落ちてきている。

「あああ……っ、こんなこと、駄目ぇ。恥ずかしい」

「こんなに濡れてちゃ、ここまでに誰かに気づかれていたかもな」

ビアンカは羞恥を感じて、顔を赤くする。

「あぁぁ……。見られていたら……、わたし……。お願いです……、もう、イキたい……っ、イカせてください、クルトさん」

俺にそう求めてくる。俺は、何もしないわけにはいかなかった。かといって、いまはバイブしかないしな。俺はそう思って、彼女の体に刺さっているバイブに手をかけた。

「ああ。イカせてやるよ」

しかし、どうするかな……。やはりせっかくバイブをしているのだから、これを使うのはありだろう。とりあえずリモコンを手に、強弱を付けながらビアンカがすぐにイッてしまわないように調整していく。

「ああううぅっ。はぁ、奥まで……きてる、はあぁぁ」

直接いじったり、挿入したりはしない。ビアンカにもどかしい気持ちを与えたかった。

彼女が欲しがるまで、ペニスで突いてやることはしない。

「声が出ちゃう……はぁぅうう、聞かれたら、どうしよう……」

ビアンカはそう言いながらも、発情を抑えきれないようだ。

彼女が欲望を高めているのを、俺は見つめていた。

もっとはしたない姿を見ていたい。そんな気持ちになっていた。

「んんんっ。はぁあ、はうううっ。んんぁあ、あんっ、はぁ」

彼女は相当に劣情をたぎらせている。も

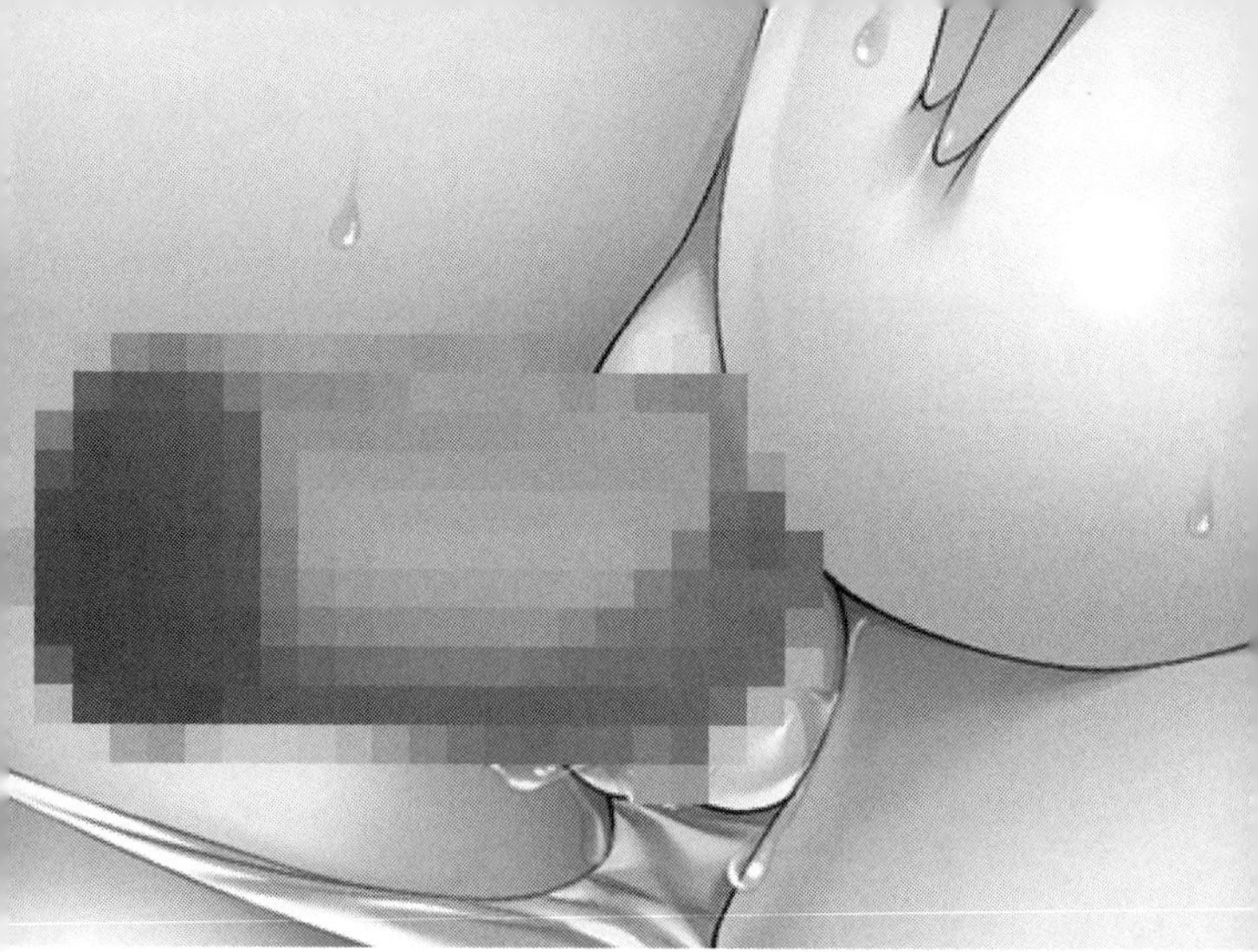

う我慢していられないのだろう。

しかし、我慢するしかない状態でもあるはずだ。

こんな場所で、思いきり喘ぐことなどできるはずもない。

「はううぅう、やだっ……このままじゃ……っ。気づかれ……ちゃいますっ、声……止まらないもんっ！　はぁ、はぁ、クルトさん……もう、見ないでぇぇ!!」

断続的に喘ぎ声を上げながら、バイブによる快楽を受ける。

愛液があふれ出して止まらない。すぐにでもイキたそうだ。

「声、我慢しなくていいぞ」

俺はそう言ってみるが、ビアンカは首を横に振る。

「駄目ですよぉ……見つかったら、恥ずかしくて……死んじゃいますっ」

ビアンカは俺が想像する以上に恥ずかしがりのようだった。しかし、そんな彼女だからこそ、辱めたいと思ってしまう。

感じさせたいし、かわいいところをもっと見せて欲しい。

ビアンカは瞳に涙を浮かべていた。欲情が抑えきれないのだろう。

「存分に感じてくれ。恥ずかしいのも、気持ち良いんじゃないか」

俺の言葉に、ビアンカはもう一度首を横に振った。

「違う、違うっ……こんなの、気持ち良くないっ」

ビアンカは呼吸を荒くしている。気持ち良くないと言われても、説得力はまるでない。そんなところもかわいかった。

同時にそんなかわいいビアンカをもっと追い詰めたいと思ってしまう。

黒い欲望が俺の中で顔を出す……かといって、それほど酷いことはしない。このくらいなら、ちょっと変態的なプレイの範疇に収まると思う。

もちろん、ビアンカがどう思うかはまた別問題だけど。

「イキそうなら言えよ。ビアンカ」

「はぁ、はぁぁ、もう、じき……っ、あぁぁぁぁ！」

ビアンカはイキそうになっているようだった。もしかすると最初からずっとそうだったかもしれない。長い間、快楽を受け続けていた。こうなって当然だ。

「はあああ……焦らされるの……、いつもより気持ち良い！　体が熱いっ……見られてるだけで、溢れちゃうぅぅぅ……っ」

ビアンカは背徳の気持ちを高めながら、快楽の波を受け止める。

匂いがする。ビアンカの甘いような香りが俺を惑わせる。

心……というものより、もっと根本的なところを突き動かすもの。

そして、俺を興奮させるものだった。

このまま、何もしないなんてできないな、なんて考えているうちに、ビアンカがそろそろ絶頂を迎えそうになっていた。

彼女の声が強まっていく。もう耐えきれないのだろう。

「イっていいぞ。我慢しなくていい」

俺の言葉を受けながら、ビアンカが高まっていく。

「はいっ……はいっ！　はぁ、ううぅぅぁああ、きちゃうっ、すごいのがくるっ！！！」

ビアンカの中で、抑圧された快楽なのだろうと思う。それだけに、弾けたときは大変だ。

相当深い絶頂になるだろう。

彼女のことを虐めたい。

そう思いながら、バイブで犯す。

「ほら、イケっ。外でイクんだ！　誰かに見られながらイケ！」

俺にはなんの快感もないのが、逆に良かった。一方的に責めている感触が心地良い。

「もし誰かに……、こんなところ……見られたらっ‼　んんはぁぁ‼　クルトさんっ、はぁ、怖い……っ、私、どうなっちゃうんですか、はぁ、あああぁ！！！」

「怖がることはないよ。俺は、いやらしいビアンカが好きだ」

彼女の心を煽っていく。追い詰めるのではなく、後押しする。

ビアンカの欲望が、いままさに破裂しようとしていた……！

「好き……！　わたしも……クルトさん、好きですっ！！！　ん、んんぁああっ、……、わたし……好きな人に……見られて……、は、はぁ……んっ、あああぁぁ……」

「イケ、ビアンカ！」

「ん、ううぁああああぁ、はぁう……ぁ……あ、あ、あああぁぁぁぁ！！！！！」

彼女がイキながら、愛液をまき散らした。

「ああぁ、あううぅ、あぁ、まだ動いてるぅぅ！　バイブ……止まってくれないっ！」

イキっぱなしになっているようで、バイブにまだ責め立てられていた。

「もう、抜いて、あぁ、またイクっ、きちゃううぅ、イクのが止まらないっ‼　あっ……、あぁぁぁぁぁ！！！」

「………」

彼女の体の中で、まだバイブが暴れている。そんなに感じてくれている。

そして、またイクと言うビアンカ。

「そうか。なら、止めないでおこう」

まだイケるのなら、イカせてあげよう。イった直後で辛いであろう彼女をさらに虐める。

「はあぁぁぁぁっ‼　あああああぁぁ、いくううううううぅぅ！　また、イッちゃう……！！！

イッちゃいからっ！！！　止めてぇ……クルトさ……んっ、んんんんんぅぅぅぅぁ、ああ
あぁぁぁぁぁぁ！！！！　イッ……クぅぅぅぅぅぅぅ！！！！！！！」

そうしてビアンカは何度も震えながら、愛液を飛び散らせて絶頂に至った。

ビアンカの体からバイブを引き抜く。

すると彼女は力尽きたように路地にへたり込み、肩で息をしていた。

「あああぁ……こ、んな……何回も、イクなんて……。止めてっていったのに……、クル
トさんの……いじわる……」

上目使いで訴えてくるが、その表情がかわいくて愛らしい。きっと相当な快楽を受けた
ことだろう。

「良く頑張ったな。かわいかったよ、ビアンカ」

俺はそう言って、彼女の頭を撫でた。

ビアンカは苦しそうにしている。けど、とろけた表情でもあった。

「はぁ……っ、クルトさん……抱きしめて……ください……」

彼女が求める。それに応えて俺は優しく抱きしめる。

「……こんなこと教えてくれるのは、クルトさんだけですよ」

「そりゃあ、まあ……俺以外の男を知らないんだろ」

「あたりまえです……、クルトさん以外の男性を知りたいとも思いませんし……。だから、言わせてください……。これからもずっと、私を愛してくださいね……」

かわいいことを言ってくるビアンカ。

そして俺たちは、路地裏から大通りへ戻る。

「ああ、ずっと愛し続けるよビアンカ」

「うれしい……」

俺の手にビアンカのぬくもりが重なる。

このぬくもりを手放したくないと思った。

すると俺がなかなか言えなかった言葉は自然に漏れ出していた。

「なあビアンカ……。結婚、しようか」

「――――っ！！！」

「これからも俺の隣にいてくれ」

大通りの喧騒が一瞬にして消える。俺とビアンカだけの世界。

ふたりを静寂が包む。そんな静寂を打ち破ったのはビアンカの返事だった。

「はいっ！」

未来は何が起こるか分からない。

もしかするとこれまで以上の困難が待ち受けているかもしれない。

だけどひとつだけ確かなことがある。

俺は生涯ビアンカを大切にするだろうということだ。

ビアンカにとっての俺もそうなっているよう、これからもがんばらなければならない。

この異世界で俺はエロ経営でトップになった。

次の目標は……。

ずっと隣にいてくれると誓ってくれたビアンカと一緒に、ゆっくりと考えていこう――。

あとがき　たなかつ

こんにちは。

『異世界で俺はエロ経営のトップになる！』のノベライズ化をお手伝いさせていただきました、たなかつと申します。

まず皆さまにお伝えしておきたいことがあります。本作は小説化にあたって、ストーリーを改変させていただくことになりました。

原作のクルトくんは、誰かと正式にお付き合いをするまでセックスはしない、マジメな男です。それを本著では……（笑）。

書籍化のためとはいえ、この改変を許してくれたCalcite様、そしてスタッフの方々には感謝の気持ちでいっぱいです。ありがとうございました。

そして読者の皆さま、お買い上げありがとうございます。小説では泣く泣くカットしたエッチシーンもたくさんありますので、本著で興味をもってくれたならぜひ原作もプレイしてみてください。

重ねてよろしくお願いします！

ぷちぱら文庫
異世界《いせかい》で俺《おれ》はエロ経営《けいえい》のトップになる！

2021年 3月12日　初版第１刷 発行

■著　　者　たなかつ
■イラスト　七瀬にちか
■原　　作　Calcite

発行人：久保田裕
発行元：株式会社パラダイム
〒166-0004
東京都杉並区阿佐谷南1-36-4
三幸ビル4A
TEL 03-5306-6921
印刷所：中央精版印刷株式会社

PP0388

既刊案内
魔王様、復ッ活ッ♥
異世界娘
isekaimusumehatuzyoutyu
～俺のアレをハムハムしまくり!?～
発情中
ぷちぱら文庫 361
著 ヤスダナコ
画 七瀬にちか
原作 Calcite
定価 810円+税
好評発売中!